First published 2016
by Black & White Publishing Ltd
29 Ocean Drive, Edinburgh EH6 6JL

1 3 5 7 9 10 8 6 4 2   16 17 18 19

ISBN: 978 1 78530 040 0

Originally published as *The BFG* by Jonathan Cape Ltd in 1982

A CIP catalogue record for this book is available from the British Library.

Typeset by Iolaire, Newtonmore
Printed and bound by CPI Group (UK), Croyden, CR0 4YY

ROALD DAHL

THE GFG

The BFG in Scots

Illustratit by Quentin Blake
Translatit by Susan Rennie

BLACK & WHITE PUBLISHING

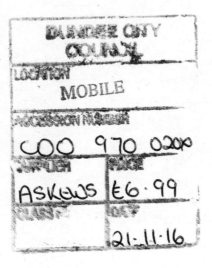

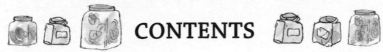 

CONTENTS

The characters in this buik are:

HUMANS

THE QUEEN
MARY, the Queen's maid
MR TAMMAS, the Pailace butler
THE HEID O THE AIRMY
THE HEID O THE AIR FORCE
An, of coorse, SOPHY, *an orphan*

GIANTS

THE GIRSLEGORBLER
THE BANECRUMPER
THE MUCKLECLEEKER
THE BAIRNCHAWER
THE SLAISTERMAISTER
THE SLAVERSLORPER
THE LASSIECHAMPER
THE BLUIDSQUEESHER
THE HAGGERSNASHER
An, of coorse, THE GFG

THE WITCHIN OOR

SOPHY COULDNA sleep.

A bricht beam o munelicht wis sklentin throu a jink in the curtains. It wis sheenin richt ontae her pillae.

The ither bairns in the dormitory had been asleep for oors.

Sophy steekit her een an lay gey still. She tried awfu hard tae doze aff.

It wis nae guid. The munebeam wis like a siller blade sclicin throu the room ontae her face.

The hoose wis unco seelent. Nae voices cam fae doon the stair. Naither were there fitsteps on the flair abune.

The windae ahint the curtain wis open wide, but naebody dandered ootside. Nae cars wheeched past on the street. There wisna a wheesht. Sophy had never kent sic seelence.

Mibbie, she telt hersel, this wis whit fowk cried the witchin oor.

The witchin oor, somebody had aince whuspered tae her, wis a byordinar time in the mids o nicht whan ilka bairn an ilka growen-up wis in a deep deep sleep, an aw the mirk things cam oot fae hidlins an had the warld tae themsels.

The munebeam wis brichter than ever on Sophy's pillae.

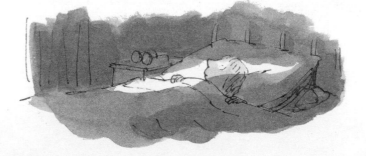

She decided tae get oot her bed an close the jink in the curtains.

Ye got punisht if ye were catched oot yer bed efter lichtsoot. Even if ye said ye had tae gae tae the toilet, that wis nae guid as an excuse an they punisht ye jist the same. But there wis naebody aboot noo, Sophy wis shair o that.

She raxed oot for her glesses that lay on the chair aside her bed.

They had steel rims an gey thick lenses, an she could scarce see a thing withoot them. She pit them on, syne she slippit oot her bed an tip-taed ower tae the windae.

Whan she reached the curtains, Sophy swithered. She langed tae jouk unnerneath them an lean oot the windae tae see whit the warld lookit like noo the witchin oor wis near.

She listened again. Awthing wis deithly still.

The langin tae keek oot becam that strang she couldna resist it. Quickly, she joukit unner the curtains an leaned oot the windae.

In the siller munelicht, the toon street she kent sae weel lookit awthegither different. The hooses seemed bowlie an crookit, like hooses in a fairy tale. Awthing wis pale an ghaistly an milky-white.

Ower the road, she could see Mrs Ramsay's shop, whaur fowk bocht buttons an wool an bits elastic. It didna look real. There wis something orra an oorie aboot that as weel.

Sophy alloued her een tae traivel faurer an faurer doon the street.

Suddenly she froze. *There wis something comin up the street on the tither side.*

It wis something black . . .

Something lang an black . . .

Something awfu lang an awfu black an awfu thin.

Chaipter Twa

WHA?

IT WISNA a human. It couldna be. It wis fower times as lang as the langest human. It wis that lang its heid wis abune the upstairs windaes o the hooses. Sophy opened her mooth tae skelloch, but nae soond cam oot. Her thrapple, like her hail body, wis frozen wi fricht.

This wis the witchin oor aw richt.

The lang black figure wis comin her wey. It wis keepin gey close tae the hooses ower the street, hidin in the mirk places whaur there wis nae munelicht.

On an on it cam, nearer an nearer. But it wis movin in jirts. It would stap, syne it would gae on, syne it would stap again.

But whit on earth wis it daein?

Ah! Sophy could see noo whit it wis up tae. It wis stappin afore ilka hoose. It would stap an keek intae the upstairs windae o ilka hoose in the street. It even had tae bend doon tae keek intae the upstairs windaes. That's hoo lang it wis.

It would stap an keek in. Syne it would slip on tae the neist hoose an stap again, an keek in, an dae the like aw alang the street.

It wis faur closer noo an Sophy could see it mair clear.

Lookin at it carefully, she thocht it *had* tae be some kind o PERSON. Clearly it wisna a human. But there wis nae doot it wis a PERSON.

A GIANT PERSON, mibbie.

Sophy gawked hard ower the misty munelit street. The

3

Giant (if that's whit he wis) wis happit in a lang **BLACK CLOAK**.

In the ae haund he wis haudin whit lookit like a **GEY LANG, THIN TRUMPET**.

In the ither haund, he held a **MUCKLE SUITCASE**.

The Giant had noo stapped richt afore Mr an Mrs Graham's hoose. The Grahams had a green-grocer's shop in the mids o the High Street, an the faimily steyed abune the shop. The twa Graham bairns slept in the upstairs front room, Sophy kent that.

The Giant wis keekin throu the windae intae the room whaur Malcolm an Janet Graham were sleepin. Sophy watched fae the ither side o the street, an held her braith.

She saw the Giant step back a pace an lay the suitcase doon on the pavement. He bent ower an opened the suitcase. He took something oot it. It lookit like a gless jar, ane o thae square yins wi a screw tap. He lowsed the tap o the jar an poored whit wis in it intae the end o the lang trumpet thing.

Sophy watched, tremmlin.

She saw the Giant strechten up again an she saw him jab the trumpet in throu the open upstairs windae o the room whaur the Graham bairns were sleepin. She saw the Giant tak a deep braith an *whuff*, he blew throu the trumpet.

Nae noise cam oot, but it wis clear tae Sophy that whitever had been in the jar had noo been blawn throu the trumpet intae the Graham bairns' bedroom.

Whit could it be?

As the Giant withdrew the trumpet fae the windae an bent doon tae pick up the suitcase he happened tae turn his heid an keek ower the street.

In the munelicht, Sophy catched a glisk o a lang pale runkly face wi muckle great lugs. The neb wis as sherp as a knife, an abune the neb there were twa bricht glentin een, an the een were glowerin strecht at Sophy. There wis an eldritch look aboot them.

Sophy gied a yowl an poued back fae the windae. She flew across the dormitory an lowpit intae her bed an cooried unner the claes.

An there she bided, still as a moose, an prinklin aw ower.

Chaipter Three

THE GRIPPIN

S OPHY BIDED unner the bed-claes.
Efter twa-three meenits, she heezed up a neuk o the blanket an keeked oot.

For the saicont time that nicht her bluid froze tae ice an she wanted tae skreich, but nae soond cam oot. There at the windae, wi the curtains pushed aside, wis the muckle lang pale runkly face o the Giant Man, gawkin in. The glentin black een were fixit on Sophy's bed.

The neist moment, a muckle haund wi pale fingers cam slidderin in throu the windae. This wis follaed by an airm, an airm as thick as a tree-trunk, an the airm, the haund, the fingers were raxin oot ower the room towart Sophy's bed.

This time Sophy skirled lood oot, but jist for a saicont as strecht awa the muckle haund clampit doon ower her blanket an the skreich wis smoored by the bed-claes.

Sophy, cooryin unner the blanket, felt strang fingers grippin haud o her, an syne she wis heezed up fae her bed, blanket an aw, an wheeched oot the windae.

Gin ye can think o oniething mair terrifyin than yon happenin tae ye in the mids o the nicht, let's hear aboot it.

The awfu thing wis that Sophy kent fine whit wis gaun on thou she couldna see it happenin. She kent that a Bogle (or Giant) wi a michty lang pale runkly face an dangerous een had grippit her fae her bed in the mids o the witchin oor an wis noo cairryin her oot the windae happit in a blanket.

But whit happened neist wis this. Whan the Giant got Sophy ootside, he sortit the blanket sae that he could grip aw fower neuks at the ae time in ane o his muckle haunds, wi Sophy steekit inside. In the tither haund he grippit the suitcase an the lang trumpet thing an aff he ran.

By wringlin aroond inside the blanket, Sophy managed tae push the tap o her heid oot throu a wee jink jist ablow the Giant's haund. She keeked aroond her.

She saw the neibourheid hooses wheechin by on baith sides. The Giant wis breengin doon the High Street. He wis rinnin that fast his black cloak wis streamin oot ahint him like the weengs o a bird. Ilka stride he took wis as lang as a tennis court. Furth o the toon he ran, an soon they were racin across the munelit fields. The hedges dividin the fields were nae bother tae the Giant. He struntit richt ower them. A wide river appeared in his path. He crossed it in a single lowpin stride.

Sophy cooried in the blanket, keekin oot. She wis bein duntit agin the Giant's leg like a poke o tatties. Ower the fields an hedges an rivers they gaed, an efter a while a frichtenin thocht cam intae Sophy's heid. *The Giant is rinnin fast, she telt hersel, because he is hungert an he wants tae get hame as quick as he can, an then he'll hae me for his brekfast.*

THE CAVE

THE GIANT ran on an on. But noo an unco chynge took place in his rinnin gate. He seemed on a sudden tae gae intae a higher gear. Faster an faster he gaed an soon he wis traivellin at sic a speed that the landscape becam bleart. The wind stobbit Sophy's cheeks. It made her een watter. It whupped back her heid an whusselt in her lugs. She could nae langer feel the giant's feet skiffin the grund. She had an unco feelin they were fleein. It wisna possible tae tell whether they were ower land or sea. This Giant had an unco magic in his legs. The wind fudderin at Sophy's face becam that strang she had tae coorie intae the blanket sae her heid widna blaw aff.

Wis it richt that they were crossin oceans? Deed it felt that wey tae Sophy. She cooried in the blanket an listened tae the skirlin o the wind. It gaed on for whit seemed like oors.

Syne at aince the wind stapped skirlin. The pace began tae slaw doon. Sophy could feel the Giant's feet poondin aince mair ower the yird. She poked her heid up oot the blanket tae tak a keek. They were in a land o thick forests an faemin rivers. The Giant had slawed richt doon an wis noo rinnin mair normal, thou normal wis a daft word tae yaise tae describe a gallopin giant.

He lowpit ower a dizzen rivers. He gaed breengin throu a michty forest, then doon intae a glen an up ower a reenge o braes as bald as egg-dowps, an soon he wis gallopin ower a dreich an wanearthly wasteland. The grund wis flat an pale yella. Clumpers o blae rock were scattert aroond, an deid trees stood aw aboot like skeletons. The mune had lang syne disappeart an it wis nearin the skreek o day.

Keekin oot fae the blanket, Sophy saw a great craggie moontain strecht aheid. The moontain wis black an blae an aw aroond it the sky wis glentin an glisterin wi licht. Bits of pale gowd were fleein amang frosty-white flichters o clood, an on ae side the lip o the mornin sun wis comin up reid as bluid.

The Giant stapped richt ablow the moontain. He wis pechin sair. His great chest wis heavin in an oot. He paused tae catch his braith.

Richt afore them, lyin agin the side o the moontain, Sophy could see a muckle roond stane. It wis as big as a hoose. The Giant raxed oot an rowed the stane aside as easy as if it had been a fitbaw, an noo, whaur the stane had been, there appeared a muckle black hole. The hole wis that muckle the Giant didna need tae jouk his heid as he gaed ben. He struntit intae the black hole still cairryin Sophy in ae haund, the trumpet an the suitcase in the tither.

As soon as he wis ben, he stapped an turned an rowed the muckle stane back intae place sae that the entrance tae his secret cave wis weel hidden fae ootside.

Noo that the entrance had been steekit, there wis nae glimmer o licht ben the cave. Aw wis pit-mirk.

Sophy felt hersel bein lowered tae the grund. Syne the Giant lowsed the blanket. His fitsteps moved awa. Sophy sat there in the mirk, chitterin wi fear.

He is gettin ready tae eat me, she telt hersel. I doot he will eat me raw, jist as I am.

Or mibbie he will bile me first.

Or he will hae me fried. He will drap me like a bit bacon intae some muckle skirlin-pan sizzlin wi fat.

Suddenly a bleeze o licht lit up the hail place. Sophy blenked an gawped.

She saw a muckle great cavern wi a high rocky roof.

The waws on baith sides were lined wi racks, an on the racks there stood rowe upon rowe o gless jars. There were jars everyplace. They were piled up in the neuks. They stappit ilka jink an cranny o the cave.

In the mids o the flair there wis a table twal foot high an a chair tae match.

The Giant took aff his black cloak an hingit it agin the waw. Sophy saw that unner the cloak he wis wearin a kind o collar-less sark an a clarty auld leather westcoat that seemed tae hae nae buttons. His breeks were shilpit green an were gey short in the legs. On his bare feet he wis wearin a pair orra-like sandals that for some reason had holes cut alang ilka side, wi a muckle hole at the end whaur his taes stuck oot. Sophy, hunkerin on the flair o the cave in her goonie, gawped back at him throu thick steel-rimmed glesses. She wis tremmlin like a leaf in the wind, an a finger o ice wis rinnin up an doon the lenth o her spine.

'Hoots!' shoutit the Giant, walkin forrart an rubbin his haunds thegither. 'Whit has us got here?' His boomin voice dirled aroond the waws o the cave like a rummle o thunner.

Chaipter Five

THE GFG

THE GIANT heezed the tremmlin Sophy wi ae haund an cairried her ower the cave an laid her on the table.

I doot he's gaun tae eat me noo, Sophy thocht.

The Giant sat doon an glowered at Sophy. He had muckle great lugs. Ilk ane wis as muckle as the wheel o a truck an he seemed able tae move them inwart an ootwart fae his heid as he wished.

'I is hungert!' the Giant boomed. He grinned, shawin muckle square teeth. The teeth were awfu white an awfu square an they sat in his mooth like muckle sclices o white breid.

'P . . . please dinna eat me,' Sophy stammert.

The Giant hooched wi lauchter. 'Jist because I is a Giant, you'se thinkin I'se a lass-snashterin canniebull!' he hooted. 'You'se aboot richt! Maist giants is canniebully an murthersome! An they snashters up human beans! We is in the Land o Giants noo! Giants is aw aboot! Oot there is the weel-kent Banecrumpin Giant! Banecrumpin Giant crumps twa beezerie-braw human beans ilka nicht for his tea! Noise is lugbrustin! Noise o crumpin banes gaes cranshety-cransh for miles aroond!'

'Owch!' Sophy said.

'Banecrumpin Giant ainly snashters human beans fae Turkey,' the Giant said. 'Ilka nicht Banecrumper is breengin aff tae Turkey tae snashter Turks.'

Sophy's sense o patriotism wis that bruised by this remark

that she becam suddenly angry. 'How Turks?' she blurtit oot.
'Whit's wrang wi the Scots?'

'Banecrumpin Giant says Turks is tastin muckle mair juicy
an scrumbrawlicious! Banecrumper says Turkish beans has a
bubbly flavour. He says human beans fae Turkey is tastin o
bubbly jocks.'

'I doot they would,' Sophy said.

'Of coorse they would!' the Giant shoutit. 'Ilka human
bean is sindry an different. Some is scrumbrawlicious an
some is yeuksome. Human beans fae Albaneya is gey yeuk-
some. Nae Giant is ever eatin Albaneyins.'

'How no?' Sophy speired.

'Albaneyins is naething but banes,' the Giant said.

'I can see that's possible an aw,' Sophy said, tremmlin a
wee bit. She wis wunncrin whaur aw this bletherin aboot
eatin fowk wis gaun. Whitever happened, she had tae pley
alang wi this byordinar Giant an smile at his jokes.

But were they jokes? Mibbie the muckle brute wis jist
warkin up an appetite by haverin aboot food.

'As I is sayin,' the Giant gaed on, 'human beans is haein
aw kinkind o flavours. Human beans fae Panama is tastin like
hats.'

'How hats?' Sophy said.

'You'se no that gleg in the uptak,' the Giant said, weeglin
his muckle lugs in an oot. 'I thocht aw human beans has
muckle brains, but yer heid is emptier than a hoatcake.'

'Are ye fond o vegetables?' Sophy speired, howpin tae
steer the conversation towart a less dangerous kind o food.

'You'se ettlin tae chynge the subjeck,' the Giant said
froonin. 'We's haein a guid bletheration aboot the taste o the
human bean. The human bean isna a vegetable.'

'Weel, but the bean *is* a vegetable,' Sophy said.

'No the *human* bean,' the Giant said. 'The human bean has
twa legs an a vegetable has nae legs at aw.'

Sophy didna feel like argy-bargyin. The last thing she wanted wis tae scunner the Giant an mak him crabbit.

'The human bean,' the Giant gaed on, 'is comin in a hantle sindry flavours. Ye ken, human beans fae Arbroth is tastin gey soupy. There is something awfie soup-like aboot Arbroth.'

'Ye mean Arbroath,' Sophy said. 'It's no Arbroth.'

'Broth is *broath*,' the Giant said. 'Dinna guddlefank aboot wi words. I will gie ye anither for-instance. Human beans fae Harris has a maist scunnersome woolly tickle,' the Giant said. 'Human beans fae Harris is tastin o weeds.'

'Ye mean tweed,' Sophy said.

'You is aye guddlefankin!' the Giant shoutit. 'Dinna be daein it! This is a sairious an scairious maitter. Will I keep gaun?'

'Please dae,' Sophy said.

'Danes fae Denmark is tastin muckle o dugs,' the Giant gaed on.

'Och I ken,' Sophy said. 'They taste o great danes.'

'Wrang!' cried the Giant, skelpin his thigh. 'Danes fae Denmark is tastin duggy because they is tastin o *labradors!*'

'Then whit dae the fowk o Labrador taste like?' Sophy speired.

'Danes,' the Giant skirled, fair awa wi himsel. 'Great danes!'

'I doot ye're gettin yersel in a guddle,' Sophy said.

'I is a mixter-maxter Giant,' the Giant said. 'But I'se aye tryin my best. An I'se no sae tapsalteerie as the tither giants. I ken yin that gallowps aw the wey tae Wellington for his tea.'

'Wellington?' Sophy said. 'Whaur is Wellington?'

'Yer heid is fu o tince an matties,' the Giant said. 'Wellington is in New Zealand. The human beans in Wellington is richt scrumbrawlicious, sae the Welly-eatin Giant says.'

16

'Whit dae the fowk o Wellington taste like?' Sophy speired.

'Boots,' the Giant said.

'Ah richt,' Sophy said. 'I shud hae kent.'

This bletherin wis aw verra weel, Sophy thocht, but if she wis gaun tae be eaten, she'd raither it happened soon. She didna fancy hingin aboot tae be the Giant's tea. 'Whit sort o human beans dae *you* eat?' she speired, tremmlin wi fricht.

'*Hoots!*' skirled the Giant, his michty voice makkin the gless jars dirl on their rack. 'Me snashterin up human beans! This I dinna! That is for the tithers! The tithers is snashterin them ilka nicht, but no me! I is an unco Giant! I is a douce an joco Giant! I is the ainly douce an joco Giant in the Land o Giants! I is THE GUID FREENDLY GIANT! I is the GFG. Whit is *your* name?'

'My name is Sophy,' Sophy said, scarce believin the guid news she had jist heard.

Chaipter Sax

THE GIANTS

'BUT IF ye're that douce an freendly,' Sophy said, 'then how come ye grippit me fae my bed an ran aff wi me?'

'Because ye saw me,' answered the Guid Freendly Giant. 'Gin oniebody is ever SEEIN a giant, he or she maun be taen awa wheechilty.'

'How come?' speired Sophy.

'Weel, first o aw,' said the GFG, 'human beans isna richt *believin* in giants, is they? Human beans isna *thinkin* we exist.'

'I dae,' Sophy said.

'Ay, but that's jist because you'se SEEN me!' cried the GFG. 'I canna jist let *oniebody*, even wee lassies, be SEEIN me an bidin at hame. The first thing ye would be daein, ye would be scooterin aroond yellochin the news that you is SEEIN a giant, an syne a muckle giant-hunt, a michty giant keek-aboot, would be stertin up aw ower the warld, wi the human beans aw snowk-howkin for the muckle giant ye saw an gaun their dinger. Fowk would be brattlin an breengin efter me wi wha kens whit, an they would be cleekin me an steekin me in a cage for fowk tae gawk at. They would be pittin me intae the zoo or the haverhoose wi aw thae jeeglin hippiedunchies an crockadockles.'

Sophy kent the Giant wis richt. If oniebody reportit seein a giant stravaigin the streets o a toon at nicht, there would nae doot be an almichty stooshie the hail warld ower.

'I'se warrant,' the GFG gaed on, 'that *you* would hae been

plashin the news aw ower the waggelty warld, would ye no, gin I hadna wheeched ye awa?'

'I doot I would,' Sophy said.

'Weel that would never dae,' said the GFG.

'Sae whit will happen tae me noo?' Sophy speired.

'Gin ye gae back, ye will be tellin the warld,' said the GFG, 'maist like on the telly-telly numptybox an the radio skreicher. Sae ye will jist need tae be steyin here wi me for the rest o yer life.'

'Och naw!' cried Sophy.

'Och ay!' said the GFG. 'But I'se warnin ye no tae gae wheechterin oot this cave forby I'se wi ye or ye'll be comin tae a gruesumphish end! I'se shawin ye noo wha'll be snashterin ye up gin they's ever catchin a tottie wee keek o ye.'

The Guid Freendly Giant liftit Sophy aff the table an cairried her tae the cave entrance. He rowed the muckle stane aside an said, 'Keek oot there, wee lassie, an tell me whit you'se seein.'

Sophy, sittin on the GFG's haund, keeked oot the cave.

The sun wis noo up an sheenin sweltry-hot ower the great yella wasteland wi its blae craigs an deid trees.

'Is ye seein them?' the GFG speired.

Squentin throu the glaur o the sun, Sophy saw a clan o muckle lang figures movin amang the craigs aboot five hunner yairds awa. Three or fower ithers were sittin gey still on the rocks themsels.

'This is the Land o Giants,' the GFG said. 'Thae is aw giants, ilk ane.'

It wis a stammagasterin sicht. The giants were aw nakit forby a kind o wee kilt aroond their waists, an their skins were brunt by the sun. But it wis the sheer size o them that boggelt Sophy's brain maist o aw. They were almichty muckle, faur langer an wider than the Guid Freendly Giant on whase loof she wis noo sittin. An by jings they were ugsome! Monie o them had muckle wames. Aw o them had lang airms an muckle feet. They were that faur awa their faces couldna be richt seen, an mibbie that wis a guid thing.

'Whit on earth are they daein?' Sophy speired.

'Naething,' said the GFG. 'They is jist loongin an sloungin aboot an waitin for nicht tae faw. Syne they will aw be gallowpin aff tae places whaur *fowk* is bidin tae get their tea.'

'Ye mean tae Turkey,' Sophy said.

'Ay, Banecrumpin Giant will be gallowpin tae Turkey,' said the GFG. 'But the ithers will be wheechterin aff tae sindry flangawa places like Wellington for the bootsome flavour an Panama for the hattery taste. Ilka giant is haein his ain favourite snowkin grund.'

'Dae they ever gae tae Scotland?' Sophy speired.

'Aften,' said the GFG. 'They says the Scots is tastin wunnerfu weel o hashimanorum.'

'I dinna really ken whit that means,' Sophy said.

'Meanings disna maitter,' said the GFG. 'I canna be richt aw the time. Whiles I is left insteid o richt.'

'An are aw thae gruesome giants ower there really gaun aff the nicht tae eat fowk?' Sophy speired.

'They is aw gorblin human beans ilka nicht,' the GFG answered. 'Ilk ane o them forby me. Yon's how ye'll be comin tae a maist slaistery end gin onie o them is gettin his eenty-teenties upon ye. Ye would be snashtered up in ae gollop like a wee bit dootie clumplin!'

'But eatin fowk is awfie!' Sophy cried. 'It's horrible! How come naebody staps them?'

'An jist wha is gaun tae be stappin them?' speired the GFG.

'Could ye no dae that?' said Sophy.

'Never in a month o Bundays!' cried the GFG. 'Thae man-eatin giants is aw michty-muckle an angersome! They's aw at least twasomes my wideness an dooble my lochness!'

'Twice as lang as you!' cried Sophy.

'Och easy,' said the GFG. 'You'se seein them in the distance but jist wait tae ye see them close up. Thae giants is aw at least fifty foot lang wi muckle musselburghs. I is the tottie yin. I is the runtle. Twenty-fower foot is pirliewinks in the Land o Giants.'

'Dinna be doon on yersel,' Sophy said. 'I think ye're jist braw. Jings, even yer taes maun be as muckle as mealy-puddins.'

'Muckler,' said the GFG, lookin fair awa wi himsel. 'They is as muckle as humple-tummocks.'

'Hoo monie giants are there oot there?' Sophy speired.

'Nine awthegither,' replied the GFG.

'That means,' said Sophy, 'that someplace in the warld, ilka single nicht, nine puir fowk get cairried aff an eaten alive.'

'Mair,' said the GFG. 'It is dependin on the muckleness o the human beans. Japanese beans is gey wee, sae a giant is needin tae snashter up aboot sax Japanese fowk afore he is feelin fu. Ithers like the Norroway fowk an the Merrycannies is a guid bit bigger an twa-three o them maks guid scran.'

'But dae these gruesome giants gae tae ilka country in the warld?' Sophy speired.

'Aw countries forby Albaneya is gettin veesited ae time or anither,' the GFG replied. 'The land a giant veesits is dependin on hoo he's feelin. Gin the weather is warm an a giant is bilin as a burnypan, he will gae wheechterin up tae the nitherie norlands tae get himsel an Eskimo or twa tae cool him doon. A nice caller Eskimo tae a giant is like a braw ice-trolley tae you.'

'I'll tak yer word for it,' Sophy said.

'But gin it is a nitherie nicht an the giant is chitterin wi cauld, he will nae doot pynt his neb towart the sweltry sooth-lands tae gollop twa-three Hottentoddies tae warm him up.'

'That's jist horrible,' Sophy said.

'Naething warms a cauld giant up like a Hottentoddy,' the GFG said.

'An if ye pit me doon on the grund an I dandered oot amang them noo,' Sophy said, 'would they eat me up for shair?'

'Like a wheechskiddle!' cried the GFG. 'An whit's mair, you'se that wee they wouldna need tae chaw ye naither. The first yin tae be seein ye would pick ye up in his fingers an doon ye'd gae like a drap watter doon a rhone-pipe!'

'Let's gae back ben,' Sophy said. 'It flegs me jist tae look at them.'

Chaipter Seeven

THE FERLIE LUGS

B EN THE cave, the Guid Freendly Giant sat Sophy doon aince mair on the muckle table. 'Is ye richt cosy there in yer goonie?' he speired. 'You'se no perished wi cauld?'

'I'm fine,' Sophy said.

'I canna help thinkin,' said the GFG, 'on yer puir mither an faither. By noo they maun be lippin an skowpin aw ower the hoose cryin "Hullo hullo whaur is Sophy gane?" '

'I dinna hae a mither an faither,' Sophy said. 'They baith dee'd whan I wis a wee bairn.'

'Och, ye puir wee sconekin!' cried the GFG. 'Is ye no missin them sair?'

'No really,' Sophy said, 'as I never kent them.'

'You'se makkin me dowff an dowie,' the GFG said, rubbin his een.

'Dinna be disjaskit,' Sophy said. 'Naebody will fash aboot me. That place ye took me fae wis the toon orphanage. We're aw orphans in there.'

'You'se a norphan?'

'Ay.'

'Hoo monie is there in there?'

'Ten o us,' Sophy said. 'Aw wee lassies.'

'Wis ye happy there?' the GFG speired.

'I hated it,' Sophy said. 'The wumman that ran it wis cried Mrs Clunkart an if she fand ye brakkin onie o the rules, like gettin oot yer bed at nicht or no fauldin yer claes, ye got punisht.'

'Whit wey is ye gettin punisht?'

24

'She steekit us in the mirk coal-bunker for a day an a nicht withoot onything tae eat or drink.'

'The glumphie auld golach!' cried the GFG.

'It wis awfie,' Sophy said. 'We yaised tae dreid it. There were rattons in there. We could hear them scrafflin aboot.'

'The crabbit auld cranreuch!' shoutit the GFG. 'That is the weel warst thing I is hearin for lang syne! You'se makkin me dowie-luggit!' On a sudden, a muckle tear that could fill up a bucket rowed doon ane o the GFG's cheeks an fell wi a michty plash on the flair. It made a muckle dub.

Sophy watched bumbazed. Whit an unco craitur this is, she thocht. Ae meenit he's tellin me my heid is fu o mince an the neist his hert is meltin for me because Mrs Clunkart steeks us in the bunker.

'Whit bothers *me*,' Sophy said, 'is haein tae stey in this

gruesome place the rest o my life. The orphanage wis awfie, but I'd no hae been there for aye.'

'The blame is aw mine,' the GFG said. 'It wis me that bairnsnatched ye.' Anither muckle tear welled fae his ee an plashed ontae the flair.

'Mind, I winna be here aw that lang naither,' Sophy said.

'I'se feart ye will,' the GFG said.

'Naw, I winna,' Sophy said. 'Thae brutes oot there are boond tae grip me sooner or later an hae me for their tea.'

'I is *ne'er-a-never* lettin that happen,' the GFG said.

For a wee while the cave wis seelent. Syne Sophy said, 'Can I speir ye something?'

The GFG dichtit the tears fae his een wi the back o his haund an gied Sophy a lang thochtfu look. 'Speir awa,' he said.

'Could ye please tell me whit ye were daein in oor toon last nicht? Why were ye jabbin that lang trumpet thingy intae the Graham bairns' bedroom an then blawin throu it?'

'Hoots!' cried the GFG, sittin up stecht in his chair. 'Noo we is gettin nebbier than a nosseris!'

'An the suitcase ye were cairryin,' Sophy said. 'Whit on earth wis *that* aw aboot?'

The GFG glowered at the wee lassie sittin cross-leggit on the table.

'You'se speirin me tae tell ye muckle-michty secrets,' he said. 'Secrets that naebody is ever hearin afore.'

'I winna tell a sowl,' Sophy said. 'I sweir. How could I onie road? I am stuck here for aye.'

'Ye could be tellin the tither giants.'

'Naw, I couldna,' Sophy said. 'Ye telt me they would eat me up as soon as they saw me.'

'Deed they would,' said the GFG. 'You'se a human bean an human beans is like peelie jieces tae thae giants.'

'If they're gaun tae eat me as soon as they see me, I wouldna

26

hae time tae tell them oniething, would I?' Sophy said.

'Deed ye wouldna,' said the GFG.

'Then how did ye say I micht?'

'Because I is fair fu o flindrikins,' the GFG said. 'Gin ye listen tae awthing I'se sayin ye will be gettin a sair lug.'

'Please tell me whit ye were daein in our toon,' Sophy said. 'I promise ye can trust me.'

'Could ye learn me hoo tae mak an oliphant?' the GFG speired.

'Whit *dae* ye mean?' Sophy said.

'I would sair luve tae hae an oliphant tae ride on,' the GFG said in a day-dwam. 'I would luve tae hae a mucklemichty oliphant an gae ridin throu green forests pickin peachy fruits aff the trees aw day lang. This is a burny-hot mankmidden country we is steyin in. Naething is growin in it forby feechcumbers. I would luve tae gang furth o here an pick peachy fruits at the skreek o day fae the back o an oliphant.'

Sophy wis gey moved by this byordinar statement.

'Mibbie ae day we'll get ye an elephant,' she said. 'An peachy fruits forby. Noo tell me whit ye were daein in our toon.'

'Gin you'se wantin that bad tae ken whit I'se daein in yer toon,' the GFG said, 'I is blawin a dwam intae the bedroom o thae bairns.'

'*Blawin a dwam*?' Sophy said. 'Whit *dae* ye mean?'

'I is a dwam-blawin giant,' the GFG said. 'Whan the tither giants is gallowpin aff tae snashter human beans, I is scuddlin awa tae ither places tae blaw dwams intae the bedrooms o sleepin bairns. Guid dwams. Bonnie gowden dwams. Dwams that gies the dwammers a braw time.'

'But haud on a bittie,' Sophy said. 'Whaur dae ye get these dwams?'

'I gaither them,' the GFG said, waggin an airm towart the

rowes an rowes o bottles on the racks. 'I has guidillions o them.'

'Ye canna gaither a dwam,' Sophy said. 'Ye canna jist catch haud o a dwam.'

'You'se never gaun tae unnerstaund aboot it,' the GFG said. 'That is how I'se no wantin tae tell ye.'

'Och, please tell me!' Sophy said. 'I *will* unnerstaund! Gae on! Tell me hoo ye gaither dwams! Tell me awthing!'

The GFG settelt himsel doon in his chair an crossed his legs. 'Dwams,' he said, 'is gey unco craiturs. They is whidderin aroond in the air like wee willie-winky bubbles. An aw the time they is snowkin for fowk that's sleepin.'

'Can ye see them?' Sophy speired.

'No at first.'

'Then hoo dae ye grip them if ye canna see them?' Sophy speired.

'Hoots,' said the GFG. 'Noo we is gettin tae the mirk an oorie secrets.'

'I winna tell a sowl.'

'I is trustin ye,' the GFG said. He steekit his een an sat gey still for a bit, whiles Sophy waited.

'A dwam,' he said, 'as it gaes feeflin throu the nicht air, is makkin a wee bumbeleery-bizzin noise. But this wee bumbeleery-bizz is that saft an douce-like, it isna possible for a human bean tae be hearin it.'

'Can you *hear* it?' Sophy speired.

The GFG pyntit up at his muckle truck-wheel lugs that he noo sterted tae swingle in an oot. He wis fair awa wi himsel, wi a wee prood smile on his face. 'Is ye seein these?' he speired.

'How could I no?' Sophy said.

'They micht be lookin a bit reidliquorice tae you,' the GFG said, 'but ye maun believe me whan I say they is maist undeemous ferlie lugs. They is no tae be haucht at.'

'I dinna doot it,' Sophy said.

'They is lettin me hear ilka pinkie-winkie wee thing.'

'Ye mean ye can hear things that I canna?' Sophy said.

'You'se deef as corned-beef neist tae me!' cried the GFG. 'You'se jist hearin stoondin lood noises wi thae scootie wee lug-trumpets. But I'se hearin aw the secret whusperins o the warld!'

'Whit like?' Sophy speired.

'In yer ain country,' he said, 'I is hearin the fitsteps o a clockleddy as she gaes danderin ower a leaf.'

'*Nae havers*? ' Sophy said, stertin tae be impressed.

'Whit's mair, I'se hearin thae fitsteps bonnie an lood,' the GFG said. 'Whan a clockleddy is danderin ower a leaf, I'se hearin her gaun *clampety-clampety-clamp* like giants' fitsteps.'

'Michty me!' Sophy said. 'Whit ither can ye hear?'

'I is hearin the wee slaters claverin tae ane anither as they scududdle aboot in the yird.'

'Ye mean ye can hear slaters bletherin?'

'Every tickie word,' the GFG said. 'I'se no richt unner-staundin their clishmaclavers, mind.'

'Gae on,' Sophy said.

'Whiles, on a gey clear nicht,' the GFG said, 'an gin I'se wavellin my lugs the richt wey' – an here he swingelt his muckle lugs upwart tae they faced the ceilin – 'gin I'se wavellin them this wey an the nicht is gey an clear, I is aften hearin faurawa music fae the starns in the lift.'

An orra wee shiver dirled throu Sophy's body. She sat gey quiet, bidin.

'My lugs is whit telt me ye wis watchin me fae yer windae yester-nicht,' the GFG said.

'But I didna mak a soond,' Sophy said.

'I'se hearin yer hert duntin ower the road,' the GFG said. 'Lood as a tattoo drum.'

'Tell me mair,' Sophy said. 'Please.'

'I'se hearin plants an trees forby.'

'Dae they blether awa?' Sophy speired.

'They's no bletherin, mind,' the GFG said. 'But they is makkin noises. For instance, gin I'se comin alang an pickin a bonnie flooer, gin I'se twistlin the stem o the flooer tae it braks, syne the plant is yowlin. I'se hearin it skreichin an skellochin gey an clear.'

'Ye dinna mean it!' Sophy cried. 'That's awfie!'

'It is skellochin jist like ye would be skellochin gin a bodie wis twistlin yer airm richt aff.'

'Can yon be true?' Sophy speired.

'Ye think I is huntigowkin ye?'

'Weel, it's a bittie hard tae credit.'

'Syne I'se stappin richt noo,' said the GFG scunnert-like. 'I'se no wantin tae be cried a begowker.'

'Och naw! I'm no cryin ye onie sic thing!' Sophy cried. 'I believe ye! Nae doot aboot it! Please gae on!'

The GFG gowpit at her lang an hard. Sophy lookit strecht back at him, her face open tae his. 'I believe ye,' she said douce-like.

She could tell she had affrontit him.

'I wouldna ever be jookerie-pawkin ye,' he said.

'I ken ye wouldna,' Sophy said. 'But ye maun unnerstaund that it's no easy tae believe sic ferlies at first.'

'I'se unnerstaundin that,' the GFG said.

'Then please forgie me an gae on,' she said.

He waited a wee while, an syne he said, 'It is the verra same wi trees as wi flooers. Gin I'se chappin an axe intae the trunk o a muckle tree, I'se hearin a terrible soond comin fae the hert o the tree.'

'Whitna soond?' Sophy speired.

'A douce murnin soond,' the GFG said. 'Like tae the soond an auld man is makkin whan he's slippin awa tae daith.'

He paused. The cave wis unco seelent.

'Trees is leevin an growin jist like you an me,' he said. 'They is alive. Sae is plants.'

He wis sittin up strecht in his chair noo, his haunds grippit ticht thegither afore him. His face wis bricht, his een roond an glistery as twa starns.

'Sic wunnerfu an terrible soonds I'se hearin!' he said. 'A wheen ye wouldna ever want tae be hearin yersel! But a puckle is the maist ferliefu music!'

He seemed near in a dwam, kittelt by his ain thochts. His face wis bonnie an bricht, bleezin wi emotions.

'Tell me mair aboot them,' Sophy said saftly.

'Ye should be hearin the wee moosikies!' he said. 'Wee moosikies is ayewis clishmaclaverin tae ane anither an I'se hearin them as lood as my ain voice.'

'Whit dae they say?' Sophy speired.

'Ainly the moosikies kens that,' he said. 'Spiders is awfie blethers an aw. Ye michtna think it but spiders is the maist awfie bletherskoots. An whan they is speenin their wabs, they is singin the hail time. They is singin blyther an bonnier nor a lintie.'

'Whit ither dae ye hear?' Sophy speired.

'Ane o the warst clishmaclaverers is the airy hoobits,' the GFG said.

'Whit dae they say?'

'They is aye argy-bargyin aboot wha's gaun tae be the bonniest butteryflee. That is aw they's ever bletherin aboot.'

'Is there a dwam flittin aroond in here the now?' Sophy speired.

The GFG turned his muckle lugs hither an yont, listenin close. He shook his heid. 'There's nae dwam in here,' he said, 'forby in the bottles. I has a speecial place for catchin dwams. They is no aften comin tae the Land o Giants.'

'Hoo dae ye catch them?'

'The same wey you'se catchin butteryflees,' the GFG replied. 'Wi a net.' He stood up an crossed tae a neuk o the cave whaur a pole wis leanin agin the waw. The pole wis aboot thirty foot lang an there wis a net on the end o it. 'Here is the dwam-catcher,' he said, grippin the pole in ae haund. 'Ilka morn I'se gangin oot an grabblin new dwams tae pit in my bottles.'

Suddenly he seemed tae weary o the conversation. 'I'se gettin hungrysome,' he said. 'It is time for snysters.'

Chaipter Echt

FEECHCUMBERS

'But if ye dinna eat fowk like aw the ithers,' Sophy said, 'then whit *dae* ye live on?'

'That is a fykie fauklesome problem aroond here,' the GFG replied. 'In this scourie-oorie Land o Giants, braw scran like pinepapples an blaebuckies jist isna growin. Naething is growin forby the ae fousome fylesome vegetable. It is cried the feechcumber.'

'The feechcumber!' cried Sophy. 'There's nae sic thing.'

The GFG lookit at Sophy an smiled, shawin near twenty o his square white teeth. 'Yestreen,' he said, 'we wisna believin in giants, wis we? The day we's no believin in feechcumbers. Jist because we michtna can *see* something wi oor ain twa eentie-teenties, we's thinkin it disna exist. Whit aboot, say, the great strippit hobbity-bobbity?'

'I beg yer pardon?' Sophy said.

'An the humphlebumfle?'

'Whit's that?' Sophy said.

'An the cleekaboo?'

'The whit?' Sophy said.

'An the gowkmaleerie?'

'Are they animals?' Sophy speired.

'They is *common* animals,' said the GFG a bit sneisty. 'I michtna be a ken-it-aw giant mysel, but it seems tae me you is a ken-naething-at-aw human bean. Yer brain is fu o borage.'

'Ye mean porridge,' Sophy said.

33

'Whit I means an whit I says is twa sindry things,' the GFG annoonced in a strunt. 'I'll can shaw ye a feechcumber the now.'

The GFG flang open a muckle press an took oot the maist orra-lookin thing Sophy had ever seen. It wis aboot hauf sae lang again as a man's body, but a hantle thicker. It wis as thick aroond the middle as a caber. It wis strippit black an white alang its lenth. An it wis smoored aw ower wi knaggie knurls.

'Here is the mankorous feechcumber!' cried the GFG, waggin it aboot. 'I sneister it! I displeut it! I mislorp it! But as I'se refusin tae gorble human beans like the tither giants, I maun spend my life glunshin claggy-knaggy feechcumbers insteid. Gin I dinna, I'll be naething but skin an grains.'

'Ye mean skin an banes,' Sophy said.

'I *ken* it's banes,' the GFG said. 'But please mind that I canna be helpin it gin I'se sometimes sayin things a bittie squintlike. I'se ettlin tae dae my best aw the time.' The Guid Freendly Giant lookit that dowff an dowie that Sophy wis gey fashed.

'I'm awfie sorry,' she said. 'I didna mean tae be rude.'

'There wisna onie scuils tae learn me tae speak in the Land o Giants,' the GFG said disjaskit.

'But could yer mither no learn ye?' Sophy speired.

'My *mither!*' cried the GFG. 'Giants disna hae mithers! Shairly you'se kennin *that.*'

'I *didna* ken that,' Sophy said.

'Wha ever heard o a *wumman* giant!' shoutit the GFG, birlin the feechcumber aroond his heid like a lasso. 'There never wis a wumman giant! An there never will be yin. Giants is ayewis men!'

Sophy felt hersel gettin a bittie befuddelt. 'In that case,' she said, 'hoo were ye born?'

'Giants isna born,' the GFG replied. 'Giants *appears* an that's aw there is tae it. They jist *appears*, the same wey as the sun an the starns.'

'An whan did ye appear?' Sophy speired.

'Noo whit wey could I be kennin sic a thing?' said the GFG. 'I'se no coontin that lang syne.'

'Ye mean ye dinna ken hoo *auld* ye are?'

'Nae giant is kennin that,' the GFG said. 'Aw I'se kennin aboot mysel is that I is awfie auld, awfie awfie auld an runkly. Aiblins sae auld as the yird itsel.'

'Whit happens whan a giant dees?' Sophy speired.

'Giants is never deein,' the GFG replied. 'Fae time tae time, a giant is disappearin suddenlike an naebody is ever kennin whaur he gaes. But maistly us giants jist gaes on an on like auldlang timesyners.'

35

The GFG wis aye haudin the fousome feechcumber in his richt haund, an noo he pit an end intae his mooth an bit aff a guid heuk. He sterted cranchin it an the noise he made wis like the crumpin o dauds o ice.

'It's fylsome!' he splurtit, speakin wi his mooth fou an skitin muckle dauds o feechcumber like bullets towart Sophy.

Sophy happed aroond on the table-tap, joukin oot the wey.

'It's ugsterous!' the GFG gurgelt. 'It's boakable! It's keechly! It's mingdingin! Try it yersel, this fousome feechcumber!'

'Naw, thanks,' Sophy said, backin awa.

'It's aw ye'll be gorblin aroond here fae noo on sae ye micht as weel get yaised tae it,' said the GFG. 'Gae on, ye tottie wee totum, hae a shottie!'

Sophy took a wee nibble. 'Uggggggggh!' she splurtit. 'Och naw! Jings tae michty!' She spat it oot quick. 'It tastes o puddock-skin!' she gasped. 'An mingin fish!'

'Waur nor that!' cried the GFG, hoochin wi lauchter. 'Tae me it is tastin o weariwigs an snorkietails!'

'Dae we really hae tae eat it?' Sophy said.

'Gin ye's no wantin tae get sae thin ye'll disappear like snaw aff a tyke.'

'Like snaw aff a *dyke*,' Sophy said. 'A tyke isna the same thing at aw.'

Aince mair that douff an dowie look cam intae the GFG's een. 'Words,' he said, 'is sic a fickle-fykie problem tae me aw my life. Sae you'se needin tae be patient an stap argy-bargyin. As I'se tellin ye afore, I kens whit words I'se wantin tae say, but somehoo or ither they's aye gettin mixter-maxtered aroond.'

'That happens tae awbody,' Sophy said.

'No like it happens tae me,' the GFG said. 'I'se speakin the maist awfie Scotchpotch.'

'I think ye speak bonnily,' Sophy said.

'Ye dae?' cried the GFG, brichtenin up. 'Ye really dae?'

'Awfie bonnily,' Sophy repeated.

'Weel, yon's the nicest present oniebody's giein me aw my leelang days!' cried the GFG. 'Are ye shair you'se no pou-pouin my leg?'

'No at aw,' Sophy said. 'I jist luve the wey ye speak.'

'Och, that's brawsome!' cried the GFG, aye beamin. 'It's grand-beezerie! Fair ferlious! I is aw o a stotter.'

'Listen,' Sophy said. 'We dinna *hae* tae eat feechcumbers. In the fields aroond oor toon there's aw kind o braw vegetables like kale an neeps. How no get some o them the neist time ye gae veesitin?'

The GFG heezed his muckle heid stecht in the air. 'I'se an unco honourable giant,' he said. 'I'se raither be chawin on foostie feechcumbers than pauchlin things fae ither fowk.'

'You pauchelt *me*,' Sophy said.

'I didna pauchle ye that muckle,' said the GFG, smilin gently.

'Efter aw, you'se jist a tottie wee lassockie.'

Chaipter Nine

THE BLUIDSQUEESHER

SUDDENLY, A muckle duntin noise cam fae ootside the cave an a voice like thunner yowled, 'Runtle! Is ye there, runtle? I is hearin ye bletherskatin! Wha is ye bletherskatin tae, runtle?'

'Caw canny!' cried the GFG. 'It's the Bluidsqueesher!' But afore he had feenisht speakin, the stane wis rowed aside an a fifty foot giant, mair nor twice as lang an wide as the GFG, cam struntin intae the cave. He wis nakit forby a clarty wee bit kilt aroond his dowp.

Sophy wis on the table-tap. The muckle hauf-eaten feechcumber wis lyin near her. She jonked ahint it.

The craitur cam clampin intae the cave an stood tooerin ower the GFG. 'Wha wis ye bletherskatin tae in here the now?' he boomed.

'I'se bletherskatin tae mysel,' the GFG replied.

'Drochlewash!' shoutit the Bluidsqueesher. 'Glaibberish!' he boomed. 'You'se talkin tae a human bean, that's whit I'se thinkin!'

'Och naw!' cried the GFG.

'Och ay!' boomed the Bluidsqueesher. 'I'se guessin you'se grabbelt awa a human bean an brocht it back tae yer clartyhole as a pet! Sae noo I is snowkin it oot an gorblin it as a bit extra scran afore my tea!'

The puir GFG wis gey fashed. 'There's n-naebody in here,' he stammert. 'H-How can ye no l-lee me alane?'

The Bluidsqueesher pyntit a finger as muckle as a treetrunk at the GFG.

'Peedie wee puddin-lugs!' he shoutit. 'Stiggly wee skin-nymalink! Knotless threid o a baldy-heid! I'se gaun tae hae a richt guid huntigowk!' He grippit the GFG by the airm. 'An you'se gaun tae help me dae it. Us thegither is gaun tae snowk oot this tasty wee human beanie!' he shoutit.

The GFG had meant tae wheech Sophy aff the table sae soon as he got the chance an hide her ahint his back, but noo there wis nae howp o daein this. Sophy keeked aroond the chawed-aff end o the muckle feechcumber, watchin the twa giants as they moved awa doon the cave. The Bluidsqueesher wis a gruesome sicht. His skin wis as reid as the Reid Etin. There wis black hair sprootin on his chest an airms an on his wame. The hair on his heid wis lang an dark an touselt. His ugsome face wis roond an squeeshy-lookin. The een were scootie black holes. The neb wis wee an snubbert. But the mooth wis muckle wide. It spreid richt ower the face near lug tae lug, an it had lips like twa purple puddins ane on tap o the ither. Craggie yella teeth stuck oot atween the twa purple lips, an spoots o slaver ran doon ower the chin.

It wisna hard tae credit that this ugsome brute ate men, wummen an bairns ilka nicht.

The Bluidsqueesher, aye haudin the GFG by the airm, wis keekin at the rowes an rowes o bottles. 'You an yer pirlie-wee bottles!' he shoutit. 'Whit is ye pittin in them?'

'Naething that would interest you,' the GFG answered. 'You'se ainly interestit in gorblin human beans.'

'An you is daft as a doodledug!' cried the Bluidsqueesher.

Soon the Bluidsqueesher would be comin back, Sophy telt hersel, an he wis boond tae search the table-tap. But she couldna jist lowp aff the table. It wis twal foot high. She'd brak a leg. The feechcumber, thou it wis as thick as a caber, wisna gaun tae hide her if the Bluidsqueesher picked it up. She keeked at the chawed-aff end. It had muckle seeds in the middle, ilk ane as big as a melon. They were sunk in saft slaistery stuff. Mindin tae stey oot o sicht, Sophy raxed forrart an scooped awa hauf a dizzen o these seeds. This left a hole in the mids o the feechcumber big eneuch for her tae hunker in if she rowed hersel up intae a baw. She crowled intae it. It wis a weet an slaistery hidie-hole, but whit did that maitter if it wis gaun tae stap her bein eaten.

The Bluidsqueesher an the GFG were comin back towart the table noo. The GFG wis near swoondin wi fear. Onie meenit, he wis tellin himsel, Sophy would be discovert an eaten.

On a sudden, the Bluidsqueesher grippit the hauf-eaten feechcumber. The GFG gowpit at the bare table. Sophy, whaur is ye? he thocht fair desperate. Ye canna jist be lowpellin aff that high table, sae whaur is ye hidin, Sophy?

'Sae this is the middensome scran you'se eatin!' boomed the Bluidsqueesher, haudin up the hauf-eaten feechcumber. 'Ye maun be crackerheids tae be gorblin rubbage like yon!'

For a wee while, the Bluidsqueesher seemed tae hae forgot aboot his search for Sophy. The GFG decided tae lead him faurer up the wrang dreel.

'That is the scrumbrawlicious feechcumber,' he said. 'I is gorblin it gustily ilka nicht an day. Is ye never tryin a feechcumber, Bluidsqueesher?'

'Human beans is juicier,' the Bluidsqueesher said.

'You'se talkin pure wavery-havers,' the GFG said, growin mair an mair gallus. He wis thinkin that if he could jist get the Bluidsqueesher tae tak ae bite o the foostie vegetable, the sheer feechieness o its flavour would send him yellochin oot the cave. 'I is happy tae gie ye a wee taster,' the GFG gaed on. 'But please, whan ye see hoo scrandancious it is, dinna be gorblin the hail thing. Leave me a tickie for my tea.'

The Bluidsqueesher gawped suspiciously at the feechcumber wi his wee grumphie een.

Hunkerin inside the chawed-aff end, Sophy began chitterin aw ower.

'You'se no huntigowkin me, is ye?' said the Bluidsqueesher.

'Never!' cried the GFG bauldly. 'Tak a bite an you'll dootless be hoochin, jings, yon ferlieveg is scrumbrawlicious!'

The GFG could see the greedy Bluidsqueesher's mooth

42

beginnin tae slaver at the thocht o mair food. 'Vegitibbles is awfie guid for ye,' he gaed on. 'It's no healthy-like tae aye be eatin meaty things.'

'Jist this yince,' the Bluidsqueesher said, 'I'se gaun tae taste yon foostie scran o yours. But I'se warnin ye that if it's mingin, I'se smatterin it ower yer nyaffy wee heid!'

He picked up the feechcumber.

He began heezin it on its lang journey tae his mooth, some fifty foot up in the air.

Sophy wanted tae skreich *Dinna!* But that would hae meant even mair certain daith. Hunkerin amang the slaistery seeds, she felt hersel bein heezed up an up an up.

Suddenly, there wis a *cranch* as the Bluidsqueesher bit a muckle daud aff the end. Sophy saw his yella teeth clamperin thegither, twa-three inches fae her heid. Syne aw aboot wis mirk. She wis in his mooth. She catched a fuff o his ill-reekin braith. It stank o bowffin meat. She waited on the teeth gaun *cranch* aince mair. She prayed that she would be murthered quick.

'*Yeeeeoooch!*' yowled the Bluidsqueesher. '*Ughbwelch! Keeeech!*' An syne he spat.

Aw the muckle dauds o feechcumber that were in his

mooth, as weel as Sophy hersel, gaed skooshin oot across the cave.

Gin Sophy had duntit the craggie waw o the cave, she would maist like hae been killed. Insteid, she hit the saft faulds o the GFG's black cloak hingin agin the waw. She drapped tae the grund, hauf-stoondit. She crowled unner the hem o the cloak an there she hunkered.

'Ye wee muckmiddener!' skirled the Bluidsqueesher. 'Ye wee clartdiddler!' He breenged at the GFG an smattert whit wis left o the feechcumber ower his heid. Skelfs o the foostie vegetable spleutert aw ower the cave.

'You'se no luvin it?' the GFG speired innocent-like, rubbin his heid.

'Luvin it!' bawled the Bluidsqueesher. 'Yon's the maist bouffinous taste that is ever claggin my gams! Ye maun be aff yer heidbummer tae be slorpin slutch like yon! Ilka nicht ye could be gallowpin aff happy as a haggis an gorblin sonsie human beans!'

'Eatin human beans is wrang an evil,' the GFG said.

'It is toothsome an scrandancious!' shoutit the Bluidsqueesher. 'An the nicht I'se gallowpin aff tae Chile tae gollop a hantle human Chile beans. Is ye wishin tae ken how I'se choosin Chile?'

'I'se no wishin tae ken oniething,' the GFG said, gey an dignifeed.

'I is choosin Chile,' the Bluidsqueesher said, 'because I is scunnert wi the taste o Eskimo. I'se needin plenty cauld scran in this sweltry-peltry weather, an the cauldest thing neist tae an Eskimo is a Chile bean. Human beans fae Chile is gey an chilly.'

'Horrible,' the GFG said. 'Ye should be shamed o yersel.'

'Ither giants is aw sayin they is wantin tae gallowp aff tae England the nicht tae snashter scuil-bairns,' the Bluidsqueesher said. 'I is awfie fond o scuil-bairns. They has

44

a braw jottery flavour. Mibbie I'll chynge my mind an gae tae England wi them.'

'You is foul an fousome,' the GFG said.

'An you is an insult tae the giant fowk!' shoutit the Bluidsqueesher. 'You'se no fit tae be a giant! You'se a skrunty wee skinnymalink! You'se a wee sneevelin snauchle! You'se a . . . peengie puggy nut!'

Wi that, the horrible Bluidsqueeshin Giant struntit oot the cave.

The GFG ran tae the cave entrance an quickly rowed the stane back intae place.

'Sophy,' he whuspered. 'Sophy, whaur is ye, Sophy?'

Sophy emerged fae unner the hem o the black cloak. 'I'm here,' she said.

The GFG picked her up an held her tenderly in the loof o his haund. 'Hech, I is awfic glad tae be findin ye in the ac lump!' he said.

'I wis in his mooth,' Sophy said.

'Ye wis *whit!*' cried the GFG.

Sophy telt him whit had happened.

'An there I wis tellin him tae eat the fylesome feechcumber an ye wis aw the time inside it!' the GFG cried.

'No muckle fun,' Sophy said.

'Jist look at you, ye puir wee lassockie!' cried the GFG. 'You'se aw smoored in feechcumber an giant slavers.' He set aboot dichtin her up as best he could. 'I is hatin thae ither giants mair than ever noo,' he said. 'Ye ken whit I would like?'

'Whit?' Sophy said.

'I would like tae find a wey o reddin them awa, ane an aw.'

'I'd be glad tae help ye,' Sophy said. 'Let me see if I can think on a guid ploy.'

Chaipter Ten

FUZZLEGLOG AN RUMMLYPUMPS

BY NOO Sophy wis beginnin tae feel mair than jist sair hungert. She wis gey thirsty as weel. Had she been at hame she would hae feenisht her brekfast lang syne.

'Are ye shair there's naething else tae eat aroond here forby thae foostie feechcumbers?' she speired.

'No even a pillie-winkie,' answered the Guid Freendly Giant.

'In that case, can I hae a drap watter, please?' she said.

'Watter?' said the GFG, froonin michtily. 'Whit is watter?'

'We drink it,' Sophy said. 'Whit dae you drink?'

'Fuzzleglog,' annoonced the GFG. 'Aw giants is drinkin fuzzleglog.'

'Is it as feechie as yer feechcumbers?' Sophy speired.

'Feechie!' cried the GFG. 'Never is it feechie! Fuzzleglog is sweet an brammly!' He got up fae his chair an gaed tae anither muckle press. He opened it an took oot a gless bottle that wis near sax foot lang. The liquid inside it wis pale green, an the bottle wis hauf fu.

'Here is fuzzleglog!' he cried, haudin the bottle up high an prood, as thou it conteened some rare wine. 'Fantooshous bizzin fuzzleglog!' he shoutit. He gied it a shoogle an the green stuff began tae fiss like mad.

'But look! It's fissin the wrang wey!' Sophy cried. An deed it wis.

The bubbles, insteid o traivellin upwart an brustin on the

47

surface, were skooshin doonwart an brustin at the bottom. A pale green frothy fizz wis formin at the dowp o the bottle.

'Whitmagandy is ye meanin *the wrang wey?*' speired the GFG.

'In oor fizzy drinks,' Sophy said, 'the bubbles aye gang up an brust at the tap.'

'*Upwart* is the *wrang wey!* ' cried the GFG. 'Ye canna be haein the bubbles gangin upwart! That is the maist numptsome notion I'se ever hearin!'

'How come?' Sophy speired.

'You'se speirin me *how?*' cried the GFG, waggin the muckle bottle aroond as thou he were conductin an orchestra. 'You'se really meanin tae tell me ye canna see *how* it is daftlike tae hae the bubbles flichterin up insteid o doon?'

'Ye said it wis numptsome. Noo ye say it's daftlike. Which is it?' Sophy speired politely.

'Baith!' cried the GFG. 'It is a numptsome *an* a daftlike notion tae let the bubbles gang upwart! Gin ye canna see hoo, ye maun be as dottelt as a dillygawpus! By jingbang, yer heid maun be that fu o tatterwallops an gowkskittles, I'se jist no kennin hoo ye can think at aw!'

'How should the bubbles no gae upward?' Sophy speired.

'I will explain,' said the GFG. 'But tell me first whit name you'se cryin *your* fuzzleglog by.'

'There's Coke,' Sophy said. 'Or IrnBru. There's monie o them.'

'An *aw* the bubbles is gangin up?'

'Ay, they aw gae up,' Sophy said.

'Catasterous!' cried the GFG.

'Upgangin bubbles is a catasterous disastrophe!'

'Will ye *please* tell me how?' Sophy said.

'Gin you'se takkin tent, I will try tae explain,' said the GFG. 'But yer brain is that fu o bummeleeries, I doot ye'll unnerstaund.'

'I'll dae my best,' Sophy said patiently.

'Weel then. Whan you'se drinkin this cokey broo o yours,' said the GFG, 'it is gangin strecht doon intae yer wame. Is that richt? Or is it left?'

'It's richt,' Sophy said.

'An the bubbles is gangin intae yer wame an aw. Richt or left?'

'Richt again,' Sophy said.

'An the bubbles is fissin upwart?'

'Of coorse,' Sophy said.

'Which means,' said the GFG, 'that they will aw come curwheeflin up yer thrapple an oot yer mooth an mak a fylesome belchy burp!'

'That is aften true,' Sophy said. 'But whit's wrang wi a wee burp noo an again? It's a bittie fun.'

'Burpin is ugsome,' the GFG said. 'Us giants is never daein it.'

'But wi *your* drink,' Sophy said, 'whit wis it ye cried it?'

'Fuzzleglog,' said the GFG.

'Wi fuzzleglog,' Sophy said, 'the bubbles in yer tummy will be gaun *doon* an that micht hae a faur warse result.'

'How come?' speired the GFG, froonin.

'Because,' Sophy said, gaun a bittie reid, 'if they gae doon insteid o up, they'll be comin oot somewhaur else wi an even looder an ruder noise.'

'A rummlypump!' cried the GFG, beamin at her. 'Us giants is makkin rummlypumps aw the time! Rummlypumpin is a sign o happiness. It is music in oor lugs! You'se no tellin me that a bit rummlypumpin is forbidden amang human beans?'

'It's thocht tae be awfie rude,' Sophy said.

'But you'se rummlypumpin, is ye no, noo an again?' speired the GFG.

'Awbody is rummlypumpin, if that's whit ye cry it,' Sophy said. 'Kings an Queens are rummlypumpin. Presidents are rummlypumpin. Glamorous film stars are rummlypumpin. Wee bairns are rummlypumpin. But whaur I come fae, it's no polite tae talk aboot it.'

'Reidliquorice!' said the GFG. 'Gin awbody is makkin rummlypumps, then how no talk aboot it? We's noo haein a gloggle o this brammerous fuzzleglog an ye'll can see the braw result.' The GFG shoogelt the bottle hard. The pale green stuff bizzed an bubbelt. He unstapped the cork an took a lang gluggerin gowp.

'It's kittlety!' he cried. 'I luve it!'

The Guid Freendly Giant stood still for a wee while, an a look o pure ecstasy began tae spreid ower his lang runkly face. Then suddenly the heivens opened an he let oot a series o the loodest an rudest noises Sophy had ever heard in her life. They dunnered aroond the waws o the cave like thunner an the gless jars rattelt on their racks. But maist bumbazin o aw, the force o the explosions heezed the wee-muckle giant clear aff his feet, like a rocket.

'*Clanjamboree!*' he cried, whan he cam doon tae the grund. 'Noo that is rummlypumpin for ye!'

Sophy brust oot lauchin. She couldna help it.

'Hae some yersel!' cried the GFG, tippin the neck o the great bottle towart her.

'Dae ye no hae a cup?' Sophy said.

'Nae cups. Jist bottle.'

Sophy opened her mooth, an gently the GFG tippit the bottle forrart an poored some o the braw fuzzleglog doon her thrapple.

An jings, but it wis delicious! It wis sweet an caller. It tasted o vanilla an cream, wi jist a tickie o brammle berries on the lip. An the bubbles were wunnerfu. Sophy could feel them stottin an brustin in her tummy. It wis an orra sensation. It felt like hunners o tottie wee fowk were daein a Heiland fling inside her an kittlin her wi their taes. It wis braw.

'It's braw!' she cried.

'Jist wait,' said the GFG, flappin his lugs.

Sophy could feel the bubbles traivellin lower an lower doon her tummy, an syne suddenly, inevitably . . . cam the explosion. The trumpets soonded an she made the waws o the cavern dirl wi the soond o music an thunner an aw.

'Bravo!' shoutit the GFG, wavellin the bottle. 'You'se no bad for a beginner! Let's hae some mair!'

Chaipter Eleeven

JOURNEY TAE THE LAND O DWAMS

EFTER THE braw fuzzleglog pairty wis ower, Sophy settelt hersel again on tap o the muckle table.

'Is you feelin better noo?' speired the Guid Freendly Giant.

'A guid bit better, thanks,' Sophy said.

'Whanever I'se feelin a bit doon-luggit,' the GFG said, 'twa-three slorps o fuzzleglog is aye makkin me gleesumy again.'

'It's quite the thing,' Sophy said.

'It's a dingledoozie,' the GFG said. 'It's brawstottin.' He turned awa an struntit ower the cave tae pick up his dwam-catchin net.

'I is gallowpin aff noo,' he said, 'tae catch a hantle mair beezerie-braw dwams for my collection. I'se daein this ilka day withoot fail. Is ye wantin tae chum me?'

'No me, thanks aw the same!' Sophy said. 'No wi thae ither giants danderin ootside!'

'I'se cooryin ye ben the pooch o my westcoat,' the GFG said. 'Syne naebody is seein ye.'

Afore Sophy could say naw, he had heezed her aff the table an drapped her intae the westcoat pooch. There wis plenty room in there. 'Is ye needin a wee hole tae keek oot fae?' he speired.

'There's yin here awready,' she said. She had fund a wee hole in the pooch, an whan she pit an ee close, she could see oot fine. She watched the GFG as he bent doon

52

an stappit his suitcase fu o empty dwam-jars. He steekit the lid, picked up the suitcase in ae haund, took the pole wi the net on the end in the tither haund, an struntit towart the cave entrance.

Sae soon as he wis ootside, the GFG set aff across the great sweltry yella wasteland whaur the blae craigs lay an the deid trees stood an whaur the hail giant clan wis sloungin aboot.

Sophy, hunkerin doon in the pooch o the leather westcoat, had ane ee glued tae the wee hole. She saw the clan o muckle giants aboot three hunner yairds aheid.

'Haud yer braiths!' the GFG whuspered doon tae her. 'Cross yer flingers! Here we gae! We is gaun stecht past aw the tither giants! Is ye seein that muckle-michty yin jist nearby?'

'I see him,' Sophy whuspered back, tremmlin.

'Yon's the ugsomest o them aw. An the mucklest o them aw. He is cried the Girslegorblin Giant.'

'I dinna want tae hear aboot him,' Sophy said.

'He is fifty-fower foot lang,' the GFG said saftly as he jeegelt alang. 'An he is golpin human beans like they is dauds o sugar, twa-three at a time.'

'Ye're fleggin me a bit,' Sophy said.

'I'se fleggin mysel,' the GFG whuspered. 'I'se aye gettin as haverie as a haggis whan the Girslegorblin Giant is aroond.'

'Keep awa fae him,' Sophy pleaded.

'No possible,' the GFG answered. 'He is gallopin easily twa times as wheechilty as me.'

'Should we turn back?' Sophy said.

'Turnin back is warse,' the GFG said. 'Gin they is seein me rinnin awa, they is aw comin efter me an hurly-burlin rocks.'

'They would never eat you thou, would they?' Sophy speired.

'Giants is never gorblin ither giants,' the GFG said. 'They

is fechtin an squarrelin a lot wi ane anither, but never gorblin. Human beans is mair toothsome tae them.'

The giants had noo spottit the GFG an aw heids were turned, watchin him as he jogged forrart. He wis aimin tae pass weel tae the richt o the clan.

Throu her wee keek-hole, Sophy saw the Girslegorblin Giant movin ower tae intercept them. He didna hurry. He jist loped ower casual-like tae a pynt whaur the GFG would need tae pass. The ithers loped efter him. Sophy coonted nine o them awthegither an she recognized the Bluidsqueesher in the mids o them. They were gey bored. They had naething tae dae till nichtfaw. There wis an ill-cankert look aboot them as they traipsed slawly across the plain wi lang lollopin strides, heidin for the GFG.

'Here comes the runtly yin!' boomed the Girslegorbler. 'Haw there, runtly yin! Whaur is ye scootieallin awa tae in sic a wheechly hurry?' He shot oot a muckle airm an grippit the GFG by the hair. The GFG didna warstle. He jist stapped an stood gey still an said, 'Be sae kind as tae be lettin gae my hair, Girslegorbler.'

The Girslegorbler lowsed him an stepped back a pace. The ither giants stood aroond, waitin on the fun stertin.

'Noo then, ye wee nauchly nyaff!' boomed the Girslegorbler. 'We is aw o us wantin tae ken whaur you'se gallowpin aff tae ilka day in the daytime. There's nae need tae be gallowpin aff onieplace till it is growin derk. The human beans could easy be spottin ye an stertin a giant snowk an we's no wantin that tae happen, is we?'

'We's no!' shoutit the ither giants. 'Gae back tae yer cave, runtly yin!'

'I'se no gallowpin tae onie human bean country,' the GFG said. 'I'se gaun tae ither places.'

'I is thinkin,' said the Girslegorbler, 'that you'se grabblin human beans an keepin them as pets!'

'You'se richt there!' cried the Bluidsqueesher. 'I'se hearin him clishclaverin awa tae yin o them in his cave jist the now!'

'You'se walcome tae gae an search my cave butter an ben,' the GFG answered. 'Ye can gae lookin intae ilka crook an nanny. There's nae human beans or bakit beans or rinner beans or jeelie beans or onie ither beans in there.'

Sophy hunkered still as a moose ben the GFG's pooch. She scarce daured breathe. She wis feart she micht sneeze. The tickiest soond or movement would gie her awa. Throu the tottie wee keek-hole she watched the giants thrangin aroond the puir GFG. They were that revoltin! Aw o them had wee grumphie-like een an muckle ugly mooths. Whan the Girslegorbler wis speakin, she got a keek at his tongue. It wis jet black, like a slab o black puddin. Ilk ane o them wis mair nor twice as tall as the GFG.

Suddenly, the Girslegorbler shot oot twa muckle haunds an grippit the GFG aroond the waist. He hurled him high in the air an shoutit, 'Grip him, Mucklecleeker!'

The Mucklecleeker catched him. The ither giants spreid oot quick in a wide circle, ilka giant aboot twenty yairds fae his neibour, readyin for the game they were gaun tae pley. Noo the Mucklecleeker hurled the GFG high an faur, shoutin 'Grip him, Banecrumper!'

The Banecrumper ran forrart an catched the tummlin GFG an swung him up again strecht awa. 'Grip him, Bairnchawer!' he shoutit.

An sae it gaed on. The giants were pleyin keepie-uppie wi the GFG, vying wi ane anither tae see wha could hurl him the highest. Sophy dug her nails intae the sides o the pooch, ettlin tae stap hersel tummlin oot whan she wis tapsalteerie. She felt as thou she were in a barrel whummelin ower Niagara Faws. An aw the time there wis the dreidfu danger that ane o the giants wouldna catch the GFG an he would gae cranshin tae the grund.

'Grip him, Slaistermaister!' . . .
'Claut him, Slaverslorper!' . . .
'Grabble him, Lassiechamper!' . . .
'Cleek him, Bluidsqueesher!' . . .
'Grip him! . . . Grip him! . . . Grip him! . . .'

In the end, they wearied o this game. They planked the puir GFG on the grund. He wis bumbazed an smattert. They gied him twa-three kicks an skirled, 'Rin, ye wee runtle! Shaw us hoo fast you'se scuddlin!' The GFG ran. Whit else could he dae? The giants heezed up rocks an hurled them efter him. He managed tae jouk them. 'Ruddy wee runtle!' they shoutit. 'Nauchly wee nyaff! Yeukie wee yiff-yaff! Pauchly wee pock-shakkin! Scooterie wee squeeter! Scrimpit wee skelf!'

At lang last the GFG got shot o them aw an in twa-three meenits the giant clan wis oot o sicht ower the horizon. Sophy

bobbit her heid up fae the pooch. 'I didna like that,' she said.

'Phew!' said the GFG. 'Phew an faur atween! They wis in a humph-glumfie mood the day, wis they no! I is sorry ye wis haein sic a whurlyburlie time.'

'Sae were you,' Sophy said. 'Would they ever really herm ye?'

'I'se no ever trustin them,' the GFG said.

'Hoo dae they catch the humans they eat?' Sophy speired.

'Maistly they is jist jabbin an airm throu the bedroom windae an wheechin them fae their beds,' the GFG said.

'Like you did tae me.'

'Weel, but I'se no eatin ye,' the GFG said.

'Hoo else dae they catch them?' Sophy speired.

'Sometimes,' the GFG said, 'they is sweemmelin in fae the sea like fishies wi jist their heids shawin abune the watter, an syne oot comes a muckle hairy haund an cleeks a bodie aff the beach.'

'Bairns an aw?'

'Aften bairnies,' the GFG said. 'Wee bairnikies that's biggin sandcastles on the beach. It's them that the sweemelin yins is efter. Wee bairnikies isna teuch tae eat like auld grandmithers, sae says the Bairnchawin Giant.'

As they blethered, the GFG wis gallopin fast ower the land. Sophy wis noo staundin up in his westcoat pooch an haudin ontae the edge wi baith haunds. Her heid an shooders were in the open an the wind wis blawin in her hair.

'Hoo else dae they catch fowk?' she speired.

'Ilk ane o them is haein their ain weys o catchin the human bean,' the GFG said. 'The Slaistermaister Giant is preferrin tae pretend he is a muckle tree growin in the park. He is staundin in the park in the gloamin an haudin michty brainches ower his heid, an there he is bidin tae some happy faimilies is comin tae hae a picnic unner the spreidin tree. The Slaistermaister is watchin them as they lay oot their wee picnic. But in the end it is the Slaistermaister that will hae the picnic.'

'That's gruesome!' Sophy skirled.

'The Girslegorblin Giant is a city lover,' the GFG gaed on. 'The Girslegorbler is lyin faur up atween the roofs o hooses in the big cities. He is bidin there happily as a huidie craw an watchin the human beans danderin on the street ablow, an whan he sees yin that looks like it has a michtly-guid flavour, he grabbles it. He is jist raxin doon an wheechin it aff the street like a puggie takkin a nut. He says it is braw tae pick an choose whit you'se haein for yer tea. He says it is like pickin fae a menu.'

'Dae fowk no see him daein it?' Sophy speired.

'They's never seein him. It's gloamy-mirk at this time, mind. Forby, the Girslegorbler has a gey fast airm. His airm's gaun up an doon as quick as lickitie.'

'But if aw thae fowk are disappearin ilka nicht, dis it no mak an awfie stooshie?' Sophy said.

58

'The warld is a muckle-michty place,' the GFG said. 'It has a hunner sindry lands. The giants is sleekit. They is crawin canny an disna gae scooterin aff tae the same place ower an ower. They is aye swither-whitherin aroond.'

'Ay but . . . ' Sophy said.

'An mind,' the GFG said, 'that human beans is disappearin everyplace aw the time even athoot the giants is snashterin them up. Human beans is murtherin ane anither faur quicker than the giants is daein it.'

'But they dinna *eat* ane anither,' Sophy said.

'Nor is giants eatin ane anither,' the GFG said. 'Nor is giants *killin* ane anither. Giants isna bonnie, but they's no murtherin ane anither. Nor is crockadockles killin ither crockadockles. Nor is bussy-pawdrons killin bussy-pawdrons.'

'They kill mice,' Sophy said.

'Ay, but they's no killin their ain clan,' the GFG said. 'Human beans is the ainly craiturs that's killin their ain clan.'

'Dinna pizzenous snakes kill ane anither?' Sophy speired. She wis fair desperate tae think on anither craitur that wis as bad as the human.

'Even piesanmoose snakes is never murtherin ane anither,' the GFG said. 'Nor is the maist frichtsome craiturs like teegers an nosserises. Nane o them is ever murtherin their ain clan. Has ye never thocht aboot yon?'

Sophy held her wheesht.

'I'se no unnerstaundin human beans at aw,' the GFG said. 'You'se a human bean an you'se sayin it is dreidable an horrifu for giants tae be eatin human beans. Richt or left?'

'Richt,' Sophy said.

'But human beans is malafoosterin *ane anither* aw the time,' the GFG said. 'They is shooterin guns an gaun up in aerieplanes tae drap their bombs on ane anither's heids ilka week. Human beans is aye murtherin ither human beans.'

He wis richt. There wis nae doot an Sophy kent it. She wis

beginnin tae wunner if humans were onie better than giants efter aw. 'Ay but,' she said, defendin her ain race, 'I think it's awfie that thae gruesome giants gae aff ilka nicht tae eat humans. Humans havena dune *them* onie herm.'

'Yon's whit the wee grumphie is sayin ilka day,' the GFG replied. 'He is sayin, "I hinna dune onie skaith tae the human bean sae how come he is eatin me?"'

'Dearie me,' Sophy said.

'The human beans is makkin rules tae suit themsels,' the GFG gaed on. 'But the rules they's makkin disna suit the wee grumphie. Am I richt or a meringue?'

'Richt,' Sophy said.

'Giants is makkin rules an aw. Their rules isna suitin the human beans. Awbody is makkin his ain rules tae suit himsel.'

'But shairly ye're no happy that thae gruesome giants are eatin fowk ilka nicht?' Sophy speired.

'Deed I'se no,' the GFG replied firmly. 'Ae richt isna makkin twa lefts. Is you gey cosy doon there in my pooch?'

'Fine an dandy,' Sophy said.

Then suddenlike, aince mair, the GFG gaed intae that magical tap gear o his. He began breengin aheid wi michty lowps. His speed wis byordinar. The landscape becam bleart an Sophy had tae jouk her heid again fae the whustlin gale sae it wouldna be blawn aff her shooders. She hunkered doon in the pooch an listened tae the wind skirlin past. It cam dirlin throu the wee keek-hole in the pooch an wheeched aroond her like a whuppity-stoorie.

But this time the GFG didna stey in tap gear lang. It wis as if he had had some barrier tae cross, a muckle moontain mibbie or an ocean or a michty desert, but haein crossed it, he slawed doon again tae his ordinar gallop an Sophy could bob her heid up an keek oot at the view aince mair.

She saw strecht awa that they were in a land o wershness. The sun had disappeart abune a smoor o fozie mist. The air wis growin caulder an caulder. The land wis flat an treeless an there seemed tae be nae colour in it at aw.

Meenit by meenit, the mist becam mair mochy. The air becam aye caulder an soon awthing becam wersh an pale till there wis naething forby gray an white aw aroond them. They were in a land o pirlin mists an ghaistly vapours. There wis some kind o gress unnerfit but it wisna green. It wis ashen gray. There wis nae sign o a leevin craitur an nae soond at aw forby the saft dunt o the GFG's fitsteps as he breenged on throu the smoch.

On a sudden he stapped. 'We is here lang an last!' he annoonced. He bent doon an heezed Sophy fae his pooch an laid her on the grund. She wis in her goonie yet an her feet were bare. She chittert an gawped aroond her at the birlin mists an ghaistly vapours

'Whaur are we?' she speired.

'We is in the Land o Dwams,' the GFG said. 'This is whaur ilka dwam is beginnin.'

DWAM-CATCHIN

THE GUID Freendly Giant laid the suitcase on the grund. He bent doon low sae his gaint face wis neist tae Sophy's. 'Fae noo on, we is keepin as still as murly wee moosikies,' he whuspered.

Sophy nodded. The reeky vapour tirled aroond her. It made her cheeks damp an left dew-blobs in her hair.

The GFG opened the suitcase an took oot twa-three empty dwam-jars. He set them on the grund, wi their screw taps aff. Syne he stood up strecht. His heid wis high in the tirlin mist, an wis aye disappearin an syne appearin again. He wis haudin the lang net in his richt haund.

Sophy, lookin upwart, saw throu the mist that his ferlie lugs were stertin tae swingle oot fae his heid. They began tae wavel gently.

On a sudden, the GFG poonced. He lowpit high in the air an swung the net throu the mist wi a great sweeshin sweep o his airm. 'Got him!'he cried. 'A dwam-jar! Quick quick quick!' Sophy picked up a jar an raxed it up tae him. He took haud o it. He lowered the net. Wi muckle care, he cowpit an inveesible something fae the net intae the jar. He drapped the net an clapped ae haund quick ower the jar. 'The tap!' he whuspered. 'The jar tap quick!' Sophy picked up the screw tap an haunded it tae him. He screwed it on ticht an the jar wis sneckit. The GFG wis up tae high doh. He held the dwam-jar ticht tae his lug an listened close.

'It's a wallygowdie!' he whuspered wi a tremmle in his voice. 'It's . . . it's. . . it's . . . it's a thoosand times better.

It's a fantooshter! It's a gowden fantooshter!'

Sophy gawked at him.

'Hoots toots!' he said, haudin the dwam-jar afore him. 'This will be giein some wee bairnikie a bonnie nicht whan I blaws it in their lugs!'

'Is it a richt guid yin?' Sophy speired.

'A *guid yin?*' he cried. 'It's a gowden fantooshter! It's no aften I gets yin o these!' He haunded the jar tae Sophy an said, 'Please be still as a stookerie noo. Mayhap there micht be a hail clan o fantooshters up here the day. An kindly stap yer braith an aw. You'se makkin an awfie cursmushlin doon there.'

'I hinna moved a muscle,' Sophy said.

'Then dinna,' the GFG replied sherply. Aince mair he stood up strecht in the mist, haudin his net ready. Syne cam the lang seelence, the bidin, the listenin, an at lang an last, gey an sudden, cam the lowp an the sweesh o the net.

'Anither jar!' he skirled. 'Quick quick quick!'

Whan the saicont dwam wis sauf in the jar an the tap wis sneckit doon, the GFG held it tae his lug.

'Och *naw!*' he cried. 'Och mince my midgies! Och skelp my spurtles!'

'Whit's wrang?' Sophy speired.

'It's a trauchlefasher!' he yowled. His voice wis fu o fash an fury. 'Och, save oor trowels!' he girned. 'Deliver us fae wheezles! The deil is drimmin on my droddum!'

'Whit *are* ye haverin aboot?' Sophy said. The GFG wis gettin mair an mair carfuffelt.

'Och, tummle my wulkies!' he cried, waggin the jar in the air. 'I'se comin aw this wey tae get bonnie gowden dwams an whit is I catchin?'

'Whit *are* ye catchin?' Sophy said.

'I'se catchin a frichtsome trauchlefasher!' he cried. 'This is a *richt ill* dwam! It is waur nor an ill dwam! It is a nichtbogle!'

'Dearie me,' Sophy said. 'Whit will ye dae wi that?'

'I is ne'er-a-never lowsin it!' the GFG cried. 'Gin I dis, some puir wee bairnikie will be haein the maist bluidskirdlin time! This yin is a richt gallus *flegfechter!* I is stramashin it sae soon as I get hame!'

'Nichtmares are awfie,' Sophy said. 'I had yin aince an I woke up sweitin aw ower.'

'Wi this yin ye would be wakin up *skellochin* aw ower!' the GFG said. 'This yin would mak yer teeth staund on end! Gin this yin got intae ye, yer bluid would be freezin tae ice-shoggles an yer skin would gae crowlin ower the flair!'

'Is it as bad as that?'

'It's waur nor that!' cried the GFG. 'This is a richt michty girnscunner!'

'Ye said it wis a trauchlefasher,' Sophy telt him.

'It *is* a trauchlefasher!' cried the GFG at high doh. 'But it is a *flegfechter* an a *girnscunner* an aw! It is aw three fankelt intae yin! By jingbang, I'se glad I is grippin it ticht. Ach, ye wickit wee beastie!' he cried, haudin up the dwam-jar an gawkin intae it. 'Nae mair is ye gaun tae be ramfeezlin the puir wee human-beaney bairnies!'

Sophy, gawkin intae the dwam-jar tae, skirled oot, 'I can see it! There's something in there!'

'Deed there is something in there,' the GFG said. 'You'se lookin at a frichtsome trauchlefasher.'

'But ye telt me dwams were inveesible.'

'They is ayewis inveesible afore they is catched,' the GFG telt her. 'Efter that they loses a bit invisibeelity. We'll can see this yin gey clear.'

Ben the jar Sophy could see the wersh reid ootline o something that lookit like a mix atween a bubble o gas an a blob o jeelie. It wis in a sair tirrivee, blatterin agin the sides o the jar an aye chyngin shape.

'It's jeeglin aw ower the place!' Sophy cried. 'It's fechtin

tae get oot! It'll tirrivee itsel tae taivers!'

'The mair thrawn the dwam, the mair radge it is gettin whan it's prisoned,' the GFG said. 'It is the like wi wild beasties. Gin a beastie is richt gallus an you'se pittin it in a cage, it'll mak a muckle catterbatter. Gin it is a douce beastie like a capertaillie or a mowdiemart, it'll sit quietlike. Dwams is the verra same. This yin is a girnie-wurnie nichtbogle. Jist look at him thrummlin himsel agin the gless!'

'It's giein me an awfie fleg!' Sophy cried.

'I wouldna be wantin this yin athin me on a mirksome nicht,' the GFG said.

'Me naither!' Sophy said.

The GFG sterted pittin the bottles back intae the suitcase.

'Is that aw?' Sophy speired. 'Are we gaun?'

'I'se that pit oot by yon trauchlefashin flegfechtin girn-scunner,' the GFG said, 'that I'se no wantin tae gae on. Dwam-catchin is ower for the day.'

Soon Sophy wis back in the westcoat pooch an the GFG wis hurtlin hame as fast as he could gae. Whan, at lang last, they breenged oot the mist an cam again on the sweltry yella waste-land, the giant clan wis sprauchelt oot on the grund, fast asleep.

Chaipter Thirteen

A Trauchlefasher for the Girslegorbler

'They is aye haein a wee snoozle afore they gaes scumperin aff tae snowk for human beans in the gloamin,' the GFG said. He stapped for a wee while tae let Sophy tak a guid look. 'Giants is ainly sleepin then an noo,' he said. 'No as muckle as human beans. Human beans is gaein their dinger sleepin. Is ye no mindin that a human bean that is fifty is spendin aboot *twenty* year sleepin soond?'

'I jist didna think on that,' Sophy said.

'Ye should *let* yersel think on it,' the GFG said. 'Jist pit yer mind tae it please. A human bean that says he is fifty has been fast asleep for twenty year an is no even kennin whaur he is! He isna *daein* oniething! No even thinkin!'

'It's streenge tae think,' Sophy said.

'Exatickly,' the GFG said. 'Sae whit I'se tryin tae tell ye is that a human bean that says he is fifty isna fifty, he is jist thirty.'

'Whit aboot me?' Sophy said. 'I'm echt year auld.'

'You'se no echt at aw,' the GFG said. 'Human bean laddies an lassockies spends hauf the time sleepin, sae you'se jist fower year auld.'

'I'm echt,' Sophy said.

'Ye micht *think* you'se echt,' the GFG said, 'but you'se ainly spent fower year o yer life wi yer eenty-teenties open. You'se ainly fower an please stap heeglin me. Tottie wee curlydoddies like you shouldna be heeglin aroond wi an auld runkleduncle that is hunners o years aulder.'

'Dae giants sleep muckle?' Sophy speired.

'They is never wastin muckle time snoozlin,' the GFG said. 'Twa-three oors is plenty.'

'Whan dae *you* sleep?' Sophy speired.

'Even less,' the GFG answered. 'I'se sleepin jist aince in a blue macaroon.'

Sophy, keekin oot fae her pooch, examined the nine sleepin giants. They lookit mair ugsome noo than they did waukened. Sprauchelt oot across the yella wasteland, they covert an area aboot the size o a fitbaw pitch. Maist o them were lyin on their backs wi their muckle mooths gawpin, an they were snocherin like foghorns. The noise wis awfu.

Suddenly the GFG lowpit up in the air. 'By jingbang!' he cried. 'I'se haein the maist beezerie-braw idea!'

'Whit?' Sophy said.

'Hoots!' he cried. 'Haud yer horseflees! Keep yer kilt on! Jist ye bide a wee an see whit I'se gaun tae dae!' He scooted aff tae his cave wi Sophy hingin on ticht tae the edge o the pooch. He rowed back the stane. He entered the cave. He had a bee in his bunnet aw richt. He wis wheechin alang.

'Jist you stey there in my pooch, curlymurlie,' he said. 'The twa o us is daein this bonnie bit sploring thegither.' He laid aside the dwam-catchin net but hingit on tae the suitcase. He ran across tae the ither side o the cave an grippit the lang trumpet thing that he had been cairryin whan Sophy first saw him in the toon. Wi the suitcase in ae haund an the trumpet in the tither, he breenged oot the cave.

Whit's he up tae noo? Sophy wunnered.

'Keep yer heid up, chick-a-diddle,' the GFG said, 'an ye will be gettin a guid keek at whit's gaun on.'

Whan the GFG cam near tae the sleepin giants, he slawed richt doon. He began movin carefu-like an creepit on his taes towart the ugsome brutes.

They were aye snocherin lood as thunner. They lookit ugsome, clarty, ill-farrant.

The GFG tip-taed aroond them. He gaed past the Slaverslorper, the Bluidsqueesher, the Slaistermaister, the Bairnchawer. Syne he stapped. He had reached the Girslegorbler. He pynted at him, syne he lookit doon at Sophy an gied her a wee sleekit blenk.

He knelt on the grund an awfu quietlike he opened the suitcase. He took oot the gless jar wi the awfu nichtmarish trauchlefasher.

Jist then, Sophy guessed whit wis gaun tae happen.

Jings, she thocht. This could be awfie dangerous. She hunkered lower in the pooch sae that jist the tap o her heid an her een were shawin. She wanted tae be ready tae jink quick oot o sicht if oniething went agley.

They were aboot ten foot awa fae the Girslegorbler's face. The snocherin-snorklin noise he wis makkin wis fousome. Noo an then a great gochle-glob formed atween his twa open lips an syne it would brust wi a plash an smoor his face wi slavers.

Takkin muckle tent, the GFG unscrewed the tap o the dwam-jar an cowpit the squimmerin scarlet trauchlefasher intae the wide end o his lang trumpet. He pit the tither end o the trumpet tae his lips. He pynted the instrument strecht at the Girslegorbler's face.

He took a deep braith, pluffed oot his cheeks an syne *whuff!* He blew!

Sophy saw a flash o pale reid gae skitin towart the giant's
face. For a split saicont it hingit abune the face. Syne it wis
gane. It seemed as if it had been sooked up the giant's neb,
but it had aw happened that quick, Sophy couldna be shair.

'We's better be skiddlin awa quick tae whaur it's sauf,' the
GFG whuspered. He dandered aff aboot a hunner yairds,
syne stapped. He hunkered doon on the yird. 'Noo,' he said,
'we's waitin for the hirdum-dirdum tae stert.'

They didna hae tae bide lang.

The air wis dintit by the maist fearfu skelloch Sophy had
heard, an she saw the Girslegorbler's body, aw fifty-fower
foot o it, heeze up aff the grund an hurl doon again wi a dunt.
Syne it began tae wammle an warstle an jeegle aboot like a
gled-stung coo. It wis gey frichtenin tae watch.

'Oooyah!' raired the Girslegorbler. 'Ayeee! Oooow!'

'He's asleep yet,' the GFG whispered. 'The terrible

trauchlefashin nichtbogle is beginnin tae nip him.'

'Serves him richt,' Sophy said. She could feel nae sympathy for this muckle brute that ate bairns as thou they were sugar bools.

'Save us!' skreiched the Girslegorbler, sprawlachin aboot. 'He is efter me! He is grippin me!'

The warstlin o limbs an the wringlin o airms becam mair an mair radge. It wis an unco thing tae watch sic a muckle craitur haein sic michty murgeons.

'It's Jock!' bawled the Girslegorbler. 'It's the grugous grumly Jock! Jock is efter me! Jock is ramscooterin me! Jock is jagstobbin me! Jock is snargashin me! It is the terrible frichtstickin Jock!' The Girslegorbler wis warstlin aboot ower the grund like some muckle fankelt oobit. 'Hoots, spare me, Jock!' he yowled. 'Dinna hurt me, Jock!'

'Wha is yon Jock he's on aboot?' Sophy whuspered.

'Jock is the ae human bean that is fleggin giants,' the GFG telt her. 'They's aw fell feart o Jock. They's aw hearin that Jock is a weel-kent giant-murtherer.'

'Save me!' skirled the Girslegorbler. 'Hae mercy on this puir wee giant! The beanwand! He is efter me wi his jagstobbin beanwand! Tak it awa! I'se beggin ye, Jock, I'se prayin ye no tae mollocate me wi yer deidly beanwand!'

'Us giants,' the GFG whuspered, 'isna kennin muckle aboot this dreided human bean cried Jock. We is jist kennin that he is a weel-kent giant-murtherer an that he's cairryin something cried a beanwand. We

is kennin forby that the beanwand is a frichtsome thing an
Jock is yaisin it tae murther giants.'

Sophy couldna stap smilin.

'Whit is ye snicherin at?' the GFG speired, a bittie pit oot.

'I'll tell ye later,' Sophy said.

The awfu nichtmare had grippit the muckle brute that
sair he wis noo warslin his hail body intae taigles. 'Dinna dae
it, Jock!' he yowled. 'I wisna eatin ye, Jock! I is never eatin
human beans! I sweir I hasna snashtered a single human
bean in my hailsome life!'

'Leear,' said the GFG.

Jist then, ane o the Girslegorbler's nieves walloped the sleepin
Slaistermaister richt in the mooth. At the same time, ane o his
legs kicked the snocherin Slaverslorper plunk in the puddins.

Baith the broozelt giants waukened an lowpit tae their feet.

'He is dooshduntin me plunk in the mooth!' yowled the Slaistermaister.

'He is rummelthumpin me richt in the puddins!' girned the Slaverslorper.

Baith o them breenged at the Girslegorbler an began whummelin him wi their nieves an feet. The wratched Girslegorbler woke up in a flamaster. He waukened strecht fac ae nichtmare intae anither. He breenged intae battle, an in the skirlin sclaffin stramash that follaed, ae sleepin giant efter anither got duntit or thrumpelt. Soon, aw nine o them were on their feet in the maist almichty collieshangie. They skelpit an scartit an bluffert an blattert an bit ane anither as hard as they could. Bluid skooshed. Nebs crumpelt. Teeth fell oot like hailstanes. The giants skelloched an yelloched an swure, an for a guid while the brattle o battle rowed across the yella plain.

The GFG smiled a braid smile o pure pleisure. 'I is fair kittelt whan they's aw haein a guid habble-gabble,' he said.

'They'll murther ane anither,' Sophy said.

'Never,' the GFG answered. 'Thae scummerils is aye brashin an balloppin ane anither. Soon it will be gloamin-time an they will be gallowpin aff tae stam their wames.'

'They're coorse an ugsome an clarty,' Sophy said. 'I hate them!'

As the GFG heided back tae the cave, he said quietly, 'I doot we wis pittin that nichtbogle tae guid yaise, wis we no?'

'We were that,' Sophy said. 'Weel dune you.'

Chaipter Fowerteen

DWAMS

THE GUID Freendly Giant wis seated at the muckle table in his cave an he wis daein his hamewark.

Sophy sat cross-leggit on the table-tap nearby, watchin him at wark.

The gless jar haudin the ae guid dwam they had catched that day stood atween them.

The GFG, wi awfu care an patience, wis prentin something on a bit paper wi a muckle great pincil.

'Whit are ye scrievin?' Sophy speired him.

'Ilka dwam is haein its ain label on the bottle,' the GFG said. 'How ither could I be findin the yin I'se wantin in a hurry?'

'But can ye really an truly tell whit sort o dream it's gaun tae be jist by listenin tae it?' Sophy speired.

'I can that,' the GFG said, no lookin up.

'But *hoo*? Is it by the wey it birrs an bizzes?'

'You'se less or mair richt,' the GFG said. 'Ilka dwam in the warld is makkin its ain bumbeleery-bizz music. An these grand fairferlious lugs o mine is able tae read that music.'

'By music, dae ye mean tunes?'

'I'se no meanin tunes.'

'Then whit dae ye mean?'

'Human beans is haein their ain music, richt or left?'

'Richt,' Sophy said. 'Lots o music.'

'An human beans is whiles owercome whan they is hearin wunnerfu music. They is gettin prinkles doon their spindrifts. Richt or left?'

'Richt,' Sophy said.

'Sae the music is sayin something tae them. It is sendin a message. I dinna think the human beans is kennin whit that message is, but they is luvin it jist the same.'

'That's aboot richt,' Sophy said.

'But because o these undeemous lugs o mine,' the GFG said, 'I'se no jist able tae *hear* the music that dwams is makkin but I'se *unnerstaundin* it an aw.'

'Whit dae ye mean *unnerstaundin* it?' Sophy said.

'I'se able tae read it,' the GFG said. 'It talks tae me. It is like a langwitch.'

'I find that a wee bittie hard tae believe,' Sophy said.

'I'll bet you'se findin it hard tae believe in boodiebos an aw,' the GFG said, 'an hoo they is veesitin us fae the starns.'

'Of coorse I dinna believe that,' Sophy said.

The GFG regairded her dourly wi thae muckle een o his. 'I howp ye will forgie me,' he said, 'gin I tell ye that human beans is thinkin they is gey clever, but they's no. They is near aw o them naemuckles an teentie-totums.'

'Dearie me,' Sophy said.

'The thing aboot human beans,' the GFG gaed on, 'is that they is aye refusin tae believe in oniething they's no seein richt afore their ain nebkins. Of coorse boodiebos is existin. I is meetin them aftentimes. I is even clishclaverin tae them.' He turned awa scunnert fae Sophy an resumed his scrievin. Sophy moved ower tae read whit he had scrievit sae faur. The letters were prentit big an bauld, but werena weel formed. Here is whit it said:

THIS DREAM IS ABOOT HOO I IS SAVIN MY TEECHER FAE DROONIN. I IS DIVIN INTAE THE RIVER FAE A HIGH BRIG AN I IS DRAIGIN MY TEECHER TAE THE BANK AN THEN I IS GIEIN HIM THE KISS O DAITH . . .

'The kiss o *whit?*' Sophy speired.

The GFG stapped scrievin an slawly heezed his heid. His een rested on Sophy's face. 'I is tellin ye afore,' he said quietly, 'that I is nane haein a chance tae gae tae the scuil. I is fu o guddles. They's no my faut. I is daein my best. You'se a

77

braw wee lassie, but please mind that you'se no exackly Miss Kenawthing yersel.'

'I'm sorry,' Sophy said. 'I really am. It's awfie rude o me tae keep correctin ye.'

The GFG gazed at her a while langer, syne he bent his heid again tae his slaw laborious scrievin.

'Tell me honestly,' Sophy said. 'If ye blew this dwam intae my bedroom whan I wis asleep, would I really an truly stert dreamin aboot hoo I saved my teacher fae droonin by divin aff the brig?'

'Mair,' the GFG said. 'A hantle mair. But I canna be screevelin the hail heeliegoleerie dwam on a scootie bit paper. Of coorse there is mair.'

The GFG laid doon his pincil an placed a muckle lug close tae the jar. For aboot thirty saiconts he listened close. 'Ay,' he said, noddin his great heid dourly up an doon. 'This dwam is gaun alang brawly. It has an gey guidwillie endin.'

'Hoo dis it end?' Sophy said. '*Please* tell me.'

'Ye would be dreamin,' the GFG said, 'that the mornin efter ye is savin the teacher fae the river, you'se arrivin at the scuil an you'se seein aw five hunner pupils sittin in the assembly haw, an aw the teachers forby, an the heid teacher is then staundin up an sayin, "I'se wantin the hail scuil tae gie three cheers for Sophy because she is that brave an is savin the life o oor braw maths teacher, Mr Brodie, that wis unfortunately pushed aff the brig intae the river by oor gym-teacher, Miss Eileen Peevers. Sae three cheers for Sophy!" An the hail scuil is then gaun daft cheerin an shoutin bravo weel dune, an aye efter that, even whan you'se gettin yer sums aw mixtie-maxtie an tangle-teeried, Mr Brodie is aye giein ye ten oot o ten an scrievin *Guid Wark Sophy* in yer jotter. Syne you'se waukenin up.'

'I like that dream,' Sophy said.

'Of coorse ye like it,' the GFG said. 'It is a fantooshter.' He licked the back o the label an stuck it on the jar. 'I'se yaisually scrievin a bit mair nor this on the labels,' he said. 'But you'se keekin at me an makkin me flichtery.'

'I'll gae an sit somewhaur else,' Sophy said.

'Dinna gang awa,' he said. 'Look close in the jar an I think you'll be seein yon dwam.'

Sophy keeked intae the jar an there, richt eneuch, she saw the wersh translucent ootline o something aboot the size o a chuckie egg. There wis jist a tickie o colour in it, a shilpit sea-green, saft an shimmerin an gey bonnie. There it lay, this wee oblang sea-green jeelylike thing, at the bottom o the jar, gey douce, but thrabbin gently, the hail movin in an oot ever sae slichtly, as thou it were breathin.

'It's movin!' Sophy cried. 'It's alive!'

'Of coorse it's alive.'

'Whit will ye feed it on?' Sophy speired.

'It's no needin onie food,' the GFG telt her.

'That's cruel,' Sophy said. 'Awthing alive needs food o some kind. Even trees an plants.'

'The nor wind is alive,' the GFG said. 'It is movin. It scuffs ye on the cheek an on the haunds. But naebody is feedin it.'

Sophy wis seelent. This byordinar giant wis whummelin her ideas. He seemed tae be leadin her towart mysteries that were furth o her unnerstaundin.

'A dwam isna needin oniething,' the GFG gaed on. 'Gin it is a guid yin, it is waitin quietlike for a guid whilie, till it is lowsed tae dae its job. Gin it is a ill-farrant yin, it is aye fechtin tae get oot.'

The GFG stood up an walked ower tae ane o the monie racks an pit the latest jar amang the thoosands o ithers.

'Please can I see some o the ither dwams?' Sophy speired.

The GFG hesitated. 'Naebody is ever seein them afore,' he said. 'But mibbie I'll can let ye hae a wee keek.' He heezed her up aff the table an stood her on the loof o ane o his muckle

79

haunds. He cairried her towart the racks. 'Ower here is a wheen o the guid dwams,' he said. 'The fantooshters.'

'Can ye haud me closer sae I can read the labels?' Sophy said.

'My labels is jist tellin bits o it,' the GFG said. 'The dwams is maistly a guid bit langer. The labels is just tae mind me.'

Sophy sterted tae read the labels. The first yin seemed lang eneuch to her. It gaed richt roond the jar, an as she read it, she had tae keep turnin the jar. This is whit it said:

I IS SITTIN IN CLASS THE DAY AN I FIND OOT THAT IF I IS STARIN AFFY HARD AT MY TEECHER IN A SPEESHAL WEY, I IS ABEL TAE PIT HER TAE SLEEP. SAY I KEEP GAWKIN AT HER AN IN THE END HER HEED DRAPS ON TAE HER DESK AN SHE GAES FAST TAE SLEEP AN SNORKLES LOODLY. THEN IN MAIRCHES THE HEED TEECHER AN HE SHOUTS 'WAKE UP MISS MCBRAMBLE! HOO DARE YE GAE TAE SLEEP IN CLASS! GAE GET YER HAT AN COTE AN LEEVE THIS SKILL FOR EYE! YOUS SACKED!' BUT IN A JIFFY I IS PITTIN THE HEED TEECHER TAE SLEEP AS WEEL, AN HE JIST CRUMPLES SLAWLY TAE THE FLARE LIKE A DOD O JEELY AN THERE HE LIES AW IN A HEAP AN STERTS SNORKELLIN EVEN LOODER THAN MISS MCBRAMBLE. AN THEN I IS HEARIN MY MUM'S VOICE SAYIN WAKE UP YER BREKFUST IS REDDY.

'Whit a funny dream,' Sophy said.

'It's a bonniewally,' the GFG said. 'A richt guid yin.'

Inside the jar, jist ablow the edge o the label, Sophy could see the pittin-tae-sleep dwam lyin douce-like on the bottom, thrabbin gently, sea-green like the ither yin, but jist a bittie bigger.

'Dae ye hae different dwams for lads an for lassies?' Sophy speired.

'Of coorse,' the GFG said. 'Gin I'se giein a lassie's dwam tae a laddie, even if it is a braw beezer o a lassie's dwam, the laddie would be waukin up an thinkin whit a scabbity peelie-wallie auld dwam that wis.'

'Ay, laddies would,' Sophy said.

'These yins here is aw lassies' dwams on this rack,' the GFG said.

'Can I read a laddie's dwam?'

'Deed ye can,' the GFG said, an he heezed her tae a higher rack. The label on the nearest laddie's dwam-jar read as follaes:

I IS MAKKIN MYSEL A MARVELUS PAIR
OF SUCTION BOOTS AN WHAN I PIT
THEM ON I IS ABEL TAE WALK
STRECHT UP THE KITCHIN WAW
AN OWER THE SEELIN. WEEL,
I IS WALKIN UPSIDE DOON ON
THE SEELIN WHAN MY BIG
SISTER COMES IN AN SHE IS STERTIN
TAE YOWL AT ME AS SHE EYE DIS,
YOWLIN WHIT ON ERTH IS YE DAYIN
UP THERE WALKIN ON THE SEELIN AN
I LOOKS DOON AT HER AN I SMILES AN I SAYS I *TELT* YE YE WIS
DRIVIN ME UP THE WAW AN NOO YOUS DUN IT.

'I find that yin a bit daft,' Sophy said.

'Laddies wouldna,' the GFG said, grinnin. 'It's anither bonniewally. Mibbie you'se seen eneuch noo.'

'Let me read anither laddie's yin,' Sophy said.

The neist label said:

THE TELLYFONE RINGS IN OOR HOOSE AN MY FAITHER PICKS IT UP AN SAYS IN HIS GEY IMPORTANT TELLYFONE VOICE 'ANDERSON SPEAKIN'. THEN HIS FACE GAES WHITE AN HIS VOICE GAES AW FUNNY AN HE SAYS '*WHIT! WHA?*' AN THEN HE SAYS 'EYE SIR I UNNERSTOND SIR BUT SHARELY IT IS ME YOUS WISHIN TAE SPEKE TAE SIR NO MY WEE LAD?' MY FAITHER'S FACE IS GON FAE WHITE TAE DERK PURPY AN HE IS GOLPIN LIKE HE HAS A LOBSTER STUCK IN HIS THRAPPIL AN THEN AT LAST HE IS SAYIN 'EYE SIR VERRA WEEL SIR I WILL GET HIM SIR' AN HE TURNS TAE ME AN HE SAYS IN A RAITHER RESPECKFU VOICE 'IS YE KENNIN THE PRAISIDENT O THE UNITED STATES?' AN I SAYS 'NO BUT I EXPECK HE IS HEARIN ABOOT ME.' THEN I IS HAYIN A LANG TALK ON THE FONE AN SAYIN THINGS LIKE 'LET ME TAK CARE O IT, MR PRAISIDENT. YE'LL GUDDLE IT AW UP IF YE DAY IT YERSEL'. AN MY FAITHER'S EEN IS GOGGLIN RICHT OOT HIS HEED AN THAT IS WHAN I IS HEARIN MY FAITHER'S REAL VOICE SAYIN GET UP YE LAZY LIMMER OR YE WILL BE LATE FOR THE SKILL.

'Laddies are daft,' Sophy said. 'Let me read this neist yin.'
Sophy sterted readin the neist label:

I IS HAYIN A BATH AN I IS DISCOVERIN THAT IF I PRESS HARD ON MY
TUMMY BUTTON A FUNNY FEELIN COMES OUR ME AN SUDDENLY MY
LEGS ISNA THERE NOR IS MY AIRMS. IN FACT I HAS BECOME ABSO-
LOOTLY INVEESIBLE AW OWER. I IS STILL THERE BUT NAYBODY CAN
SEE ME NO EVEN MYSEL. SAY MY MUM COMES IN AN SAYS 'WHAUR
IS THAT BAIRN! HE WIS IN THE BATH A MEENIT AGO AN HE CANNA
HAE WASHT HIMSEL RICHT YIT!' SO I SAYS 'HERE I IS' AN SHE SAYS
'WHAUR?' AN I SAYS 'HERE' AN SHE SAYS 'WHAUR?' AN I SAYS 'HERE!'
AN SHE YELLS 'HAMISH! COME UP QUICK!' AN WHAN MY DAD BREENJES
IN I IS WASHIN MYSEL AN MY DAD SEES THE SAIP FLOATIN AROOND
IN THE AIR BUT O COORSE HE IS NO SEEIN ME AN HE SHOUTS 'WHAUR
ARE YE LAD?' AN I SAYS 'HERE' AN HE SAYS 'WHAUR?' AN I SAYS 'HERE'
AN HE SAYS 'WHAUR?' AN I SAYS 'HERE!' AN HE SAYS 'THE SAIP, LAD!
THE SAIP! IT'S FLEEIN IN THE AIR!' THEN I PRESS MY TUMMY BUTTON
AGAIN AN NOO I IS VEESIBLE. MY DAD IS UP TAE HIGH DOUGH AN HE
SAYS 'YOUS THE INVEESIBLE LAD!' AN I SAYS 'NOO I IS GONNY HAY
SOME FUN,' SO WHAN I IS OOT THE BATH AN I HAY DRIED MYSEL I PIT
ON MY DRESSIN-GOON AN SLIPPERS AN I PRESS MY TUMMY BUTTON
AGAIN TAE BECOME INVEESIBLE AN I GAE DOON INTAY THE TOON AN
WALK IN THE STREETS. OF COORSE, AINLY ME IS INVEESIBLE AN NO
THE THINGS I IS WEARIN SO WHAN FOWK IS SEEIN A DRESSIN-GOON
AN SLIPPERS FLOATIN ALANG THE STREET WI NAEBODY IN IT THERE
IS A STOOSHY WI AWBODY YOWLIN 'A GHAIST! A GHAIST!' AN FOWK
IS SCREECHIN LEFT AN RICHT AN BIG STRANG POLIS IS RINNIN FOR
THEIR LIVES AN BEST O AW I SEE MR NAPIER MY ALGEBRA TEECHER
COMIN OOT A PUB AN I FLOAT UP TAY HIM AN SAY 'BOO!' AN HE LETS
OOT A FRICHTSOME YOWL AN DASHES
BACK INTAY THE PUB AN THEN
I IS WAUKENIN AN FEELIN
HAPPY AS A DINGLEDOOZIE.

'Gey daft,' Sophy said. Aw the same, she couldna resist raxin doon an pressin her ain tummy button tae see if it warked. Naething happened.

'Dwams is awfie mystical things,' the GFG said. 'Human beans isna unnerstaundin them at aw. No even their brainiest dominoes is unnerstaundin them. Has ye seen eneuch?'

'Jist this last yin,' Sophy said. 'This yin here.'

She sterted readin:

I HAS SCREEVIT A BOOK AN IT IS THAT EXCITIN NAYBODY CAN PIT IT DOON. AS SOON AS YOUS REDD THE FIRST LINE YOUS THAT HOOKED ON IT YE CANNA STAP TILL THE LAST PAGE. IN AW THE TOONS FOWK IS WALKIN IN THE STREETS DUNTIN INTAY YIN ANITHER BECAUSE THEIR FACES IS BURIED IN MY BOOK AN DENTISTS IS READIN IT AN TRYIN TAE FILL TEETHS AT THE SAME TIME BUT NAYBODY MINDS BECAUSE THEY IS AW READIN IT TAY

IN THE DENTIST'S CHAIR. DRIVERS IS READIN IT WHILES DRIVIN AN CARS IS CRANSHIN AW OWER THE KINTRA. BRAIN SURGEONS IS READIN IT WHILES THEY IS OPERATIN ON BRAINS AN AIRLINE PILOTS IS READIN IT AN GONNAY TIMBUCTOO INSTEED O LUNNON. FITBAW PLAYERS IS READIN IT ON THE PITCH BECAUSE THEY CANNA PIT IT DOON AN SO IS OLIMPICK RINNERS WHILES THEY IS RINNIN. AWBODY HAS TAE SEE WHIT IS GONNAY HAPPEN NEEST IN MY BOOK AN WHAN I WAUKEN UP I IS STILL KITTELT WI EXCITEMENT AT BEIN THE BRAWEST SCREEVER THE WARLD HAS EVER KENT TILL MY MUM COMES IN AN SAYS I WIS LOOKIN AT YER INGLISH JOTTER LAST NITE AN REALLY YER SPELLIN IS AWFEE SAY IS YER PUNCTISHON.

'That's aw for noo,' the GFG said. 'There is dillions mair but my airm is gettin tired haudin ye up.'

'Whit are aw thac yins ower there?' Sophy said. 'How come they've got sic wee labels?'

'That,' the GFG said, 'is because ae day I is catchin that monie dwams I'se no haein the time or energy tae scrieve oot lang labels. But there is eneuch tae mind me.'

'Can I look?' Sophy said.

The lang-sufferin GFG cairried her across tae the jars she wis pyntin tae. Sophy read them rapidly, ane efter the ither:

I IS CLIMBIN MOONT
EVERAST WI JIST MY
PUSSY-CAT TAE CHUM ME.

I IS INVENTIN A CAR THAT
RINS ON TOOTHPASTE.

I IS ABEL TAE MAK THE ELEKTRIK
LICHTS GAE ON AN AFF JIST BY
WISHIN IT.

I IS AINLY AN ECHT YEAR
AULD LADDY BUT I IS
GROWIN A STOATER O
A BAIRD AN AW THE
ITHER LADDIES IS JALOUS.

I IS ABEL TAE LOWP OOT
ONY HIGH WINDAY AN
FLOTE DOON SOFE.

I HAS A PET BEE THAT PLEYS
THE BAGPIPES OOT ITS
BAHOOCHIE WHAN IT FLEES.

'Whit amazes me,' Sophy said, 'is hoo ye ever learned tae
scrieve in the first place.'

'Ah,' said the GFG. 'I'se been wunnerin hoo lang it is afore
you'se speirin that.'

86

'Considerin ye never gaed tae the scuil, I think it's jist mervellous,' Sophy said. 'Hoo *did* ye learn?'

The GFG crossed the cave an opened a wee secret door in the waw. He took oot a buik, gey auld an tattert. By human staundards, it wis an ordinar size o buik, but it lookit like a postage stamp in his muckle loof.

'Ae nicht,' he said, 'I'se blawin a dwam throu a windae an I is seein this buik lyin on the wee laddie's bedroom table. I'se sair wantin it, ye unnerstaund. But I'se refusin tae pauchle it. I wouldna be daein that nane.'

'Sae hoo did ye get it?' Sophy speired.

'I *borraed* it,' the GFG said, smilin a bittie. 'Jist for a short time I borraed it.'

'For hoo lang?' Sophy speired.

'Weel aboot echty year,' the GFG said. 'I'se pittin it back soon.'

'An that's hoo ye taucht yersel tae scrieve?' Sophy speired him.

'I'se readin it hunners o times,' the GFG said. 'An I is aye learnin masel tae read an scrieve new words. It is the maist brawstottin story.'

Sophy took the buik oot his haund. '*Rob Roy*,' she read lood oot.

'By Watter Scootie,' the GFG said.

'By *wha*?' Sophy said.

Jist then, there cam a michty stramash o gallopin feet fae ootside the cave. 'Whit's that?' Sophy cried.

'That is aw the giants wheechterin aff tae anither country tae snashter human beans,' the GFG said. He drapped Sophy quick intae his westcoat pooch, syne hurried tae the cave entrance an rowed back the stane.

Keekin oot her keek-hole, Sophy saw aw nine o the flegsome giants comin past fu gallop.

'Whaur is ye aff tae the nicht?' shoutit the GFG.

'We is aw ramstammerin aff tae England the nicht,' answered the Girslegorbler as they gaed gallopin past. 'England is a lushbonnie land an we is fancyin a wheen wee English bairns.'

'Ay,' shoutit the Lassiechamper, 'an I'se kennin whaur there is a giglet-hoose for lassies an I is stappin mysel fu as a haggis bag!'

'An I'se kennin whaur there is a bletherbox for laddies!' shoutit the Slaverslorper. 'Aw I has tae dae is rax in an grip a nievefu! English laddies is tastin extra lickswushy!'

In twa-three saiconts, the nine gallopin giants were oot o sicht.

'Whit did he mean?' Sophy said, pokin her heid oot the pooch. 'Whit is a giglet-hoose for lassies?'

'He is meanin a lassies' scuil,' the GFG said. 'He will be eatin them by the nievefu.'

'Jings naw!' cried Sophy.

'An laddies fae a laddies' scuil,' said the GFG.

'It canna happen!' Sophy cried oot. 'We've got tae stap them! We canna jist sit here an dae naething!'

'There isna a thing we can dae,' the GFG said. 'We is helpless as a hairy tattie.' He sat doon on a large craggie blae rock near the entrance tae his cave. He took Sophy fae his pooch an laid her aside him on the rock. 'It is sauf noo for ye tae be ootside till they is comin back,' he said.

The sun had dipped ablow the horizon an it wis growin mirk.

Chaipter Fifteen

THE BRAW PLAN

'We've jist *got* tae stap them!' Sophy cried. 'Pit me back in yer pooch quick an we'll chase efter them an warn awbody in England they're comin.'

'Reidliquorice an *num*possiple,' the GFG said. 'They is gaun twa times as fast as me an they is feenishin their snashterin afore we is haufwey.'

'But we canna jist sit here dacin naething!' Sophy cried. 'Hoo monie lassies an laddies are they gaun tae eat the nicht?'

'Monie,' the GFG said. 'The Girslegorblin Giant alane has a maist muckle-whuckle appetite.'

'Will he lift them oot their beds whiles they're sleepin?'

'Like peas oot a poddock,' the GFG said.

'I canna staund tae think on it!' Sophy cried.

'Then dinna,' the GFG said. 'For years syne I is sittin here on this verra rock nicht efter nicht whan they is gallowpin awa, an I is feelin that dowff an dowie for aw the human beans they is gaun tae snashter up. But I'se had tae get yaised tae it. There is naething I can dae. Gin I wisna a tottie wee runtly giant jist twenty-fower foot high then I would be stappin them. But that is jist oot the windae.'

'Dae ye ayewis ken whaur they're gaun?' Sophy speired.

'Ayewis,' the GFG said. 'Ilka nicht they is yellochin at me as they gae skooshlin past. The ither day they wis yellin "We is aff tae Mrs Sippi an Miss Souri tae snashter them baith!" '

'Disgustin,' Sophy said. 'I hate them.'

She an the Guid Freendly Giant sat quiet side by side on the

89

blae rock in the gaitherin mirk. Sophy had never felt sae help-
less in her life. Efter a while, she stood up an cried oot, 'I canna
staund it! Jist think on thae puir lassies an laddies that are gaun
tae be eaten alive in twa-three oors' time! We canna jist sit here
an dae naething! We've got tae gae efter thae brutes!'

'Naw,' the GFG said.

'We've got tae!' Sophy cried. 'How will ye no gae?'

The GFG siched an shook his heid firmly. 'I'se tellin ye five
or sax times,' he said, 'an the third will be the last. I'se *never*
shawin mysel tae human beans.'

'How no?'

'Gin I dae, they will be pittin me in the zoo wi aw the
jeeglyraffes an cantylowps.'

'Havers,' Sophy said.

'An they will be sendin *you* strecht back tae a norphanage,'
the GFG gaed on. 'Growen-up human beans isna weel-
kent for their kindnesses. They is aw ill-deedies an
clartscarters.'

'That's no true at aw!' Sophy cried
angrily. 'Some o them are awfie guid
fowk.'

'Wha?' the GFG said. 'Name yin.'

'The Queen,' Sophy said. 'Ye canna
cry her an ill-deedie or a clartscarter.'

'Weel . . .' the GFG said.

'Ye canna cry her a teentie-totum
or a naemuckle naither,' Sophy
said, gettin mair an mair fashed.

'The Girslegorbler is fair langin
tae snashter her up,' the GFG
said, smilin a bittie noo.

'Wha, the Queen?' Sophy
cried, stammagastert.

'Ay,' the GFG answered.

'Girslegorbler says he is never eatin queen an he thinks mibbie she has a richt scrumbrawlicious flavour.'

'Whit a cheek!' Sophy cried.

'But Girslegorbler says there is ower monie sodgers aroond her Pailace an he daursna try it.'

'He'd better no!' Sophy said.

'He is sayin forby he'd gey like tae gorble yin o the sodgers in his bonnie reid suit but he's no sae keen on thae big black furry hats they is wearin. He thinks they micht be stickin in his thrapple.'

'I howp he chowks,' Sophy said.

'Girslegorbler ayewis craws cannie,' the GFG said.

Sophy wis seelent for twa-three meenits. Then suddenly, kittelt wi excitement, she cried oot, 'I've got it! Jings, I think I've got it!'

'Got whit?' speired the GFG.

'The answer!' cried Sophy. 'We'll gae tae the Queen! It's a braw idea! If I gaed an telt the Queen aboot thae mingin man-eatin giants, I'm shair she'd dae something aboot it!'

The GFG lookit doon at her dowily an shook his heid. 'She is never believin ye,' he said. 'Never in a month o Bundays.'

'I think she would.'

'Never,' the GFG said. 'It is soondin sic a daftlike story, the Queen will be lauchin an sayin "Whit pure havershams!" '

'She wouldna!'

'Of coorse she would,' the GFG said. 'I'se telt ye afore that human beans is simply no *believin* in giants.'

'Then it's up tae us tae find a wey o *makkin* her believe in them,' Sophy said.

'An hoo is ye gettin tae see the Queen for sterters?' the GFG speired.

'Noo haud on a bit,' Sophy said. 'Jist ye haud on a tickie as I've got anither idea.'

'Yer ideas is fu o ligmawheeries,' the GFG said.

'No this yin,' Sophy said. 'Ye say that if we tell the Queen, she would never believe us?'

'I is shair she wouldna,' the GFG said.

'But we're no *gaun* tae tell her!' Sophy said excitedly. 'We dinna *hae* tae tell her! We'll mak her *dream* it!'

'That is an even mair gowkspittle idea,' the GFG said. 'Dwams is a bonnie bit fun but naebody is believin in dwams. You'se ainly believin in a dwam while you'se actually dreamin it. But as soon as you'se waukenin up you'se sayin "Och thanks tae michty yon wis jist a dwam".'

'Dinna ye fash aboot that pairt o it,' Sophy said. 'I can sort that.'

'Never can ye sort it,' the GFG said.

'I can! I sweir I can! But first o aw, let me ask ye a gey important question. Here it is. Can ye mak a person dream oniething at aw in the hail warld?'

'Oniething ye like,' the GFG said proodly.

'If I said I wanted tae dream that I wis in a fleein bathtub wi siller weengs, could ye mak me dream it?'

'I could that,' the GFG said.

'But hoo?' Sophy said. 'Ye dinna hae that exack dwam in yer collection.'

'I disna,' the GFG said. 'But I could soon be mixter-maxterin it.'

'Hoo could ye mix it up?'

'It is a wee bit like mixin a cake,' the GFG said. 'Gin you'se pittin the richt amoonts o sindry things intae it, you'se makkin the cake come oot onie wey ye want, sugary, spreengy, curranty, Christmassy or flumgummery. It is the like wi dwams.'

'Gae on,' Sophy said.

'I has guidillions o dwams on my racks, richt or left?'

'Richt,' Sophy said.

'I has dwams aboot bathtubs, hantles o them. I has dwams aboot siller weengs. I has dwams aboot fleein. Sae aw I has tae dae is mix thae dwams thegither in the richt wey an I is soon makkin a dwam whaur you'se fleein in a bathtub wi siller weengs.'

'I see whit ye mean,' Sophy said. 'But I didna ken ye could mix ae dwam wi anither.'

'Dwams is likin bein mixter-maxtered,' the GFG answered. 'They is gettin gey lanerly aw by themsels in thae glessy bottles.'

'Fine,' Sophy said. 'Noo then, dae ye hae dwams aboot the Queen?'

'Clannies o them,' the GFG said.

'An aboot giants?'

'Of coorse,' the GFG said.

'An aboot giants eatin fowk?'

'Clandannies o them,' the GFG said.

'An aboot wee lassies like me?'

'Yon is the maist o aw,' the GFG said. 'I has bottles an bottles o dwams aboot wee lassies.'

'An ye could mix them aw up jist as I want ye tae?' Sophy speired, gettin mair an mair excitit.

'Of coorse,' the GFG said. 'But hoo is this helpin us! I think you'se barkin up the wrang tea.'

'Jist haud on,' Sophy said. 'Tak tent. I want ye tae mix a dwam that ye will blaw intae the Queen's bedroom whan she's asleep. An this is hoo it will gae.'

'But haud on a meentickie,' the GFG said. 'Hoo is I jist gaun tae get near eneuch tae the Queen's bedroom tae blaw in my dwam? You'se talkin havershams again.'

'I'll tell ye that later,' Sophy said. 'For the now please tak tent. Here is the dwam I want ye tae mix. Are ye peyin atten-tion?'

'Richt close,' the GFG said.

'I want the Queen tae dream that nine disgustin giants, ilk ane aboot fifty foot tall, are gallopin tae England in the nicht. She needs tae dream their names as weel. Whit are their names again?'

'Girslegorbler,' the GFG said. 'Mucklecleeker. Banecrumper. Bairnchawer. Slaistermaister. Slaverslorper. Lassiechamper. Bluidsqueesher. An the Haggersnasher.'

'Let her dream aw thae names,' Sophy said. 'An let her dream that they will be creepin intae England in the deeps o the witchin oor an cleekin wee lads an lassies fae their beds. Let her dream that they will be raxin intae the bedroom windaes an pouin the wee lads an lassies oot their beds an then . . .' Sophy paused. 'Dae they eat them on the spot or dae they cairry them awa first?' she speired.

'They is maistly jist pappin them strecht intae their mooths like popcorn,' the GFG said.

'Pit that in the dwam,' Sophy said. 'An then . . . then the dwam will say that whan their wames are fu, they will gae gallopin back tae the Land o Giants whaur naebody can find them.'

'Is that aw?' the GFG said.

'Of coorse it's no,' Sophy said. 'Then ye will explain tae the Queen in her dwam that there is a Guid Freendly Giant that can tell her whaur aw thae beasts are bidin, sae she can send her sodgers an her airmies tae capture them aince for aw. An noo let her dream ae last an gey important thing. Let her dream that there is a wee lassie cried Sophy sittin on her windae-sole that will tell her whaur the Guid Freendly Giant is hidin.'

'Whaur is he hidin?' speired the GFG.

'We'll come tae that later,' Sophy said. 'Sae the Queen dreams her dwam, richt?'

'Richt,' the GFG said.

'Then she waukens an the first thing she thinks is Jings whit an awfie dwam. I'm richt glad it *wis* jist a dwam. An then she looks up fae her pillae an whit dis she see?'

'Whit *dis* she see?' the GFG speired.

'She sees a wee lassie cried Sophy sittin on her windae-sole, richt there in real life afore her verra een.'

'Hoo is ye gaun tae be sittin on the Queen's windae-sole, can I spearmint?' the GFG said.

'*You're* gaun tae pit me there,' Sophy said. 'An that's the braw bit. If somebody *dreams* that there's a wee lassie sittin on her windae-sole an then she waukens up an sees the wee lassie *really* is sittin there, that is a dwam come true, is it no?'

'I'se beginnin tae see whit you'se drivellin at,' the GFG said. 'Gin the Queen is kennin that pairt o her dwam is true, then mibbie she is believin the rest o it is true as weel.'

'That's aboot it,' Sophy said. 'But I'll need tae convince her o that mysel.'

'Ye said you'se wantin the dwam tae say there is a Guid Freendly Giant that is gaun tae talk tae the Queen an aw?'

'Richt,' Sophy said. 'Ye need tae. Ye're the ainly yin that can tell her whaur tae find the ither giants.'

'Hoo is I meetin the Queen?' speired the GFG. 'I'se no wantin tae be shoutit at by her sodgers.'

'The sodgers are jist in the front o the Pailace,' Sophy said. 'At the back there's a muckle gairden an there's nae sodgers in there at aw. There is a gey high waw wi spikes on it aroond the gairden tae stap fowk climbin in. But ye could jist dander ower that.'

'Hoo is ye kennin aw this aboot the Queen's Pailace?' the GFG speired.

'Last year I wis in a different orphanage,' Sophy said. 'It wis in Lunnon an we yaised tae gae for danders aw aroond there.'

'Is ye helpin me tae find this Pailace?' the GFG speired. 'I'se never daured tae gae hide an sneakin aroond Lunnon in my life.'

'I'll shaw ye the wey,' Sophy said gallus-like.

'I is feart o Lunnon,' the GFG said.

'Dinna be,' Sophy said. 'It's fu o derk wynds an closes an there's gey few fowk aboot in the witchin oor.'

The GFG picked Sophy up atween ae finger an a thoom an laid her gently on the loof o the ither haund. 'Is the Queen's Pailace gey muckle?' he speired.

'Michty muckle,' Sophy said.

'Then hoo is we findin the richt bedroom?'

'That's up tae you,' Sophy said. 'Ye're supposed tae be an expert at yon kind o thing.'

'An you'se richt certain the Queen winna pit me in a zoo wi aw the cantylowps?'

'Of coorse she winna,' Sophy said. 'Ye'll be a hero. An ye winna need tae eat feechcumbers again.'

Sophy saw the GFG's een widen. He lickit his lips.

'You'se meaning it?' he said. 'Truly? Nae mair mingsome feechcumbers?'

'Ye couldna get yin if ye wanted tae,' Sophy said. 'Humans dinna growe them.'

That did it. The GFG got tae his feet. 'Whan is ye wantin me tae mixter-maxter this byordinar dwam?' he speired.

'Noo,' Sophy said. 'Richt noo.'

'Whan is we gaun tae see the Queen?' he said.

'The nicht,' Sophy said. 'As soon as ye've mixed the dwam.'

'The nicht?' the GFG cried. 'Whit is the wheechly hirrie-harrie?'

'If we canna save bairns the nicht, we can save them the morn's nicht,' Sophy said. 'Whit's mair, I'm stervin. I hinna had a thing tae eat for twenty-fower oors.'

'Weel we had better get oor skites on,' the GFG said, movin back towart the cave.

Sophy kissed him on the tip o his thoom. 'I kent ye'd dae it!' she said. 'Come awa! Let's hurry!'

MIXTER-MAXTERIN

IT WIS mirk noo. The nicht had awready begun. The GFG, wi Sophy sittin on his loof, hurried intae the cave an pit on the bricht blindin lichts that seemed tae come fae naeplace. He laid Sophy on the table. 'Stey there please,' he said, 'an nae clishmaclaverin. I is needin tae listen ainly tae seelence whan I'se mixter-maxterin sic a curlywurlie dwam as this.'

He hurried awa fae her. He got oot an almichty muckle empty gless jar that wis the size o a washin machine. He clesped it tae his chest an hurried towart the racks on which stood the thoosands an thoosands of wee'er jars haudin the captured dwams.

'Dwams anent giants,' he muttert tae himsel as he searched the labels. 'The giants is gorblin human beans . . . naw, no that yin . . . nor that yin . . . here's yin! . . . an here's anither! . . .' He grippit the jars an unscrewed the taps. He cowpit the dreams intae the muckle jar he wis haudin an, as ilk gaed in, Sophy got a keek o a wee sea-green blob tummlin fae ae jar intae the tither.

The GFG hurried towart anither rack. 'Noo,' he muttert, 'I'se wantin dreams aboot giglet-hooses for lassies . . . an aboot bletherboxes for laddies.' He wis up tae high-doh noo. Sophy could awmaist see the excitement kittlin inside him as he flittit back an forth amang his bonnie jars. There maun hae been fifty thoosand dwams awthegither up there on the racks, but he seemed tae ken jist exackly whaur ilk ane o them wis. 'Dwams anent a wee lassie,' he muttert. 'An dwams aboot me . . . aboot the GFG . . . come awa, come awa, hurry up, get on wi it . . . noo whaur in the waggelty warld is I keepin thon? . . .'

An sae it gaed on. In aboot hauf an oor the GFG had fund aw the dwams he wanted an had cowpit them intae the ae muckle jar. He laid the jar on the table. Sophy sat watchin him but said naething. Ben the big jar, lyin on the bottom o it, she could clearly see aboot fifty of thae oval sea-green jeelylike shapes, aw thrabbin gently in an oot, a wheen lyin on tap o ithers, but ilk ane still a hail sindry dream.

'Noo we is mixter-maxterin them,' the GFG annoonced. He gaed tae the press whaur he kept his bottles o fuzzleglog, an oot fae it he took a muckle egg-wheecher. It wis ane o thae yins wi a haundle for turnin an a wheen owerlappin blades that wheech roond ablow. He pit the hinner-end o this contraption intae the big jar whaur the dreams were lyin. 'Watch,' he said. He sterted turnin the haundle gey fast.

100

Flichters o green an blue exploded ben the jar. The dwams were bein wheeched intae a sea-green faem.

'The puir things!' Sophy cried.

'They's no feelin it,' the GFG said as he turned the haundle. 'Dwams isna like human beans or craiturs. They has nae brains. They is made o whirligigum.'

Efter aboot a meenit, the GFG stapped wheechin. The hail bottle wis noo fu tae the lip wi braw bubbles. They were awmaist the same as the bubbles we micht blaw fae saipy watter, but these yins had faur brichter an bonnier colours sweemin on their surfaces.

'Keep keekin,' the GFG said.

Quite slawly, the tapmaist bubble rase up throu the craig o the jar an flottert awa. A saicont yin follaeed. Syne a third an a fowrth. Soon the cave wis fu wi hunners o bonnie coloured bubbles, aw flichterin gently throu the air. It wis a fair winnerfu sicht. As Sophy watched them, they aw sterted flotterin towart the cave entrance, that wis still open.

'They're gaun oot,' Sophy whuspered.

'Of course,' the GFG said.

'Whaur tae?'

'Thae is aw wee dwam-bitties that I'se no needin,' the GFG said. 'They's gangin back tae the misty land tae jyne up wi proper dwams.'

'It's aw a bit ayont me,' Sophy said.

'Dwams is fu o mystery an magic,' the GFG said. 'Dinna try tae unnerstaund them. Keek in the muckle jar noo an ye'll can see the dwam you'se wantin for the Queen.'

Sophy turned an keeked intae the dwam-jar. On the bottom o it, something wis thrashin aroond wildly, stottin up an doon an dangin itsel agin the waws of the jar. 'Michty!' she cried. 'Is that it?'

'That's it,' the GFG said proodly.

'But it's . . . it's awfie!' Sophy cried. 'It's lowpin aboot! It wants tae get oot!'

'That's because it's a trauchlefasher,' the GFG said. 'It's a nichtbogle.'

'Och, but I dinna want ye tae gie the Queen a nichtmare!' Sophy cried.

'Gin she is dreamin aboot giants snashterin up wee lads an lassies, whit else can it be but a nichtbogle?' said the GFG.

'Och, naw!' Sophy cried.

'Och, ay,' said the GFG. 'A dwam whaur you'se seein wee bairnies bein eaten is aboot the maist frichtsome trauchlefashin dwam ye'll can get. It's a thrawn flegfechter. It's a michty girn-scunner. It is aw o them guddelt intae yin. It is as bad as yon dwam I blew intae the Girslegorbler this efternoon. Waur not that even.'

Sophy stared doon at the fearfu nichtmarish dwam that wis aye thrashin awa in the gless jar. It wis faur mair muckle than the ithers. It wis aboot the size an shape o a bubbly jock's egg. It wis jeelylike. It had tinges o bricht scarlet deep inside it. There wis something dreidfu aboot the wey it wis hurlin itsel ramstam agin the sides o the jar.

'I dinna want tae gie the Queen a nichtmare,' Sophy said.

'I is thinkin,' the GFG said, 'that yer Queen will be happy tae hae a nichtbogle gin haein a nichtbogle is gaun tae save a hantle human beans fae bein gorbled by feechsome giants. Is I richt or a meringue?'

'I doot ye're richt,' Sophy said. 'It needs tae be dune.'

'She will soon be gettin ower it,' the GFG said.

'Did ye pit aw the ither important things intae it?' Sophy speired.

'Whan I'se blawin yon dwam intae the Queen's bedroom,' the GFG said, 'she will be dreamin ilka wee whittie-whattie you'se speirin me tae mak her dream.'

'Aboot me sittin on the windae-sole?'

'Yon pairt is bonnie an strang.'

'An aboot a Guid Freendly Giant?'

'I'se pittin in a nice lang bittock aboot him,' the GFG said. As he spak, he picked up ane o his wee'er jars an quickly cowpit the sprawlachin trauchlefasher oot the muckle jar intae the wee yin. Syne he screwed the lid ticht ontae the wee jar.

'That's us,' he annoonced. 'We is ready noo.' He fetched his suitcase an pit the wee jar intae it.

'Why tak a muckle great suitcase whan ye've jist got the ae jar?' Sophy said. 'Ye could pit the jar in yer pooch.'

The GFG lookit doon at her an smiled. 'By jingbang,' he said, takkin the jar oot the suitcase, 'yer heid's no stappit wi dunderclunks efter aw! I can see you isna born last week.'

'Thank ye, kind sir,' Sophy said, makkin a wee curtsy fae the table-tap.

'Is ye ready tae leave?' the GFG speired.

'I'm ready!' Sophy cried. Her hert wis beginnin tae stoond at the thocht o whit they were aboot tae dae. It wis a richt radge an crazy thing. Mibbie they would baith be thrawn intae the jyle.

The GFG wis pittin on his muckle black cloak. He tucked the jar intae a pooch in his cloak. He picked up his lang trumpet-like dwam-blawer. Syne he turned an lookit at Sophy, wha wis aye on the table-tap. 'The dwam-jar is in my pooch,' he said. 'Is ye gaun tae sit in there wi it as we traivel?'

'Never!' cried Sophy. 'I refuse tae sit neist yon awfie thing!'

'Then whaur is ye gaun tae sit?' the GFG speired.

Sophy lookit him ower for twa-three meenits. Syne she said, 'If ye would be guid eneuch tae swingle ane o yer muckle bonnie lugs sae it lies flat like an ashet, that would mak a gey cosy place for me tae sit.'

'By jingbang, that is a beezerie guid ploy!' the GFG said.

Slawly, he swingelt his muckle richt lug tae it wis like a giant shell facin the sky. He heezed Sophy an laid her inside. The lug itsel, that wis aboot the size o a muckle tea-tray, wis fu o the same neuks an crunkles as a human lug. It wis gey comfy.

'I howp I dinna faw doon yer lughole,' Sophy said, edgin awa fae the muckle hole richt neist tae her.

'Mind an caw cannie,' the GFG said. 'Ye micht could gie me a stoondin sair lug.'

The guid thing aboot bein there wis that she could whusper strecht intae his lug.

'You'se kittlin me a bittie,' the GFG said. 'Please dinna be jeegglin aboot.'

'I'll try no tae,' Sophy said. 'Are we ready?'

'Ooyah-booyah!' yowled the GFG. 'Dinna dae that!'

'I didna dae oniething,' Sophy said.

'You'se talkin ower *lood!* You'se forgettin that I'se hearin ilka wee whittie-whattie fifty times looder than you an sae you'se skirlin awa richt in my lug!'

'Jings,' Sophy murmured. 'I forgot that.'

'Yer voice is soondin like thunner an dunderheids!'

'I'm awfie sorry,' Sophy whuspered. 'Is that better?'

'Naw!' cried the GFG. 'It soonds like you'se firin aff a dunderbuss!'

'Then hoo can I talk tae ye?' Sophy whuspered.

'Dinna!' cried the puir GFG. 'Please dinna! 'Ilka word is like you'se drappin fizzgigs in my lughole!'

Sophy tried tae speak saft unner her braith. 'Is this better?' she said. She spak sae saft she couldna richt hear her ain voice.

'That's better,' the GFG said. 'Noo I'se hearin ye fair an guid. Whit is it you'se wantin tae say tae me the now?'

'I wis sayin are we ready?'

'That's us awa!' cried the GFG, heidin for the cave entrance. 'We is aff tae meet Her Maijestree the Queen!'

Ootside the cave, he rowed the muckle roond stane back intae place an set aff at a grand gallop.

Chaipter Seeventeen

JOURNEY TAE LUNNON

THE GREAT yella wasteland lay mirk an milky in the munelicht as the Guid Freendly Giant gaed gallopin across it.

Sophy, still wearin jist her goonie, wis lyin snod in a neuk o the GFG's richt lug. She wis in the ooter rim o the lug, near the tap, whaur the edge faulds ower, an this fauldin-ower bit made a sort o roof for her an happit her fae the snell wind. Whit's mair, she wis lyin on skin that wis saft an warm an near velvety. Naebody, she telt hersel, had ever traivelt in sic comfort.

Sophy keeked ower the rim o the lug an watched the dreich landscape o the Land o Giants gae wheechin by. They were movin gey an fast. The GFG gaed stottin aff the grund as thou there were rockets in his taes an ilka stride he took heezed him aboot a hunner foot intae the air. But he hadna yet gane intae that wheechin tap gear o his, whan the grund

becam bleart by speed an the wind yowled an his feet seemed
tae skiff naething but air. That would come later.

Sophy hadna slept for a guid while. She wis awfu tired. She
wis warm an snod forby. She dozed aff.

She didna ken hoo lang she slept, but whan she waukened
an keeked oot ower the rim o the lug, the landscape had
chynged completely. They were in a green country noo,
wi moontains an forests. It wis mirk yet, but the mune wis
sheenin as bricht as ever.

Suddenly an withoot slawin his pace, the GFG turned his heid sherp tae the left. For the first time in the hail journey he spak a few words.

'Look quick-quick owerby,' he said, pyntin his lang trumpet.

Sophy lookit in the direction he wis pyntin. Throu the mirk aw she saw at first wis a great clood o stoor aboot three hunner yairds awa.

'Yon's the ither giants gallowpin back hame efter their snashters,' the GFG said.

Syne Sophy saw them. In the licht o the mune, she saw aw nine o thae ugsome luuf nakit brutes dunnerin ower the landscape thegither. They were gallopin in a pack, their necks raxin forrart, their airms bent at the elbaes, an warst o aw, their wames bulgin. The strides they took were byordinar. Their speed wis fair humbazin. Their feet poonded an thunnered on the grund an left a great sheet o stoor ahint them. But in ten saiconts they were gane.

'A hantle wee lassockies an laddockies is nae langer sleepin in their beds the nicht,' the GFG said.

Sophy felt gey seeck.

But this dreich encoonter made her mair nor ever determined tae gae throu wi her plan.

Efter aboot an oor, the GFG began tae slaw doon a bittie. 'We is in England noo,' he said suddenly.

Throu the mirk, Sophy could see they were in a country o green fields wi perjink hedges in atween. There were braes covert wi trees an whiles there were roads wi the lichts o cars movin alang. Ilka time they cam tae a road, the GFG wis ower it an awa, an nae driver could hae seen oniething forby a quick black shaddae flichterin owerheid.

At aince, an orra orange-coloured glowe appeared in the nicht sky aheid o them.

'We is comin close tae Lunnon,' the GFG said.

He slawed tae a trot. He began lookin aboot canny-like.

A hantle o hooses were noo appearin on aw sides. But there were nae lichts in their windaes. It wis early yet for fowk tae be gettin up.

'Someone's boond tae see us,' Sophy said.

'Never is they seein me,' the GFG said fair gallus. 'You'se forgettin that I is daein this kin o thing for years an years an years. Nae human bean is ever catchin the tickiest blenk o me.'

'I did,' Sophy whuspered.

'Ay weel,' he said. 'But ye wis the verra first.'

For the neist hauf-oor, things moved that swift an seelent that Sophy, cooryin in the giant's lug, couldna richt unnerstaund whit wis gaun on. They were in streets. There were hooses aw ower. Whiles there were shops. There were bricht lamps in the streets. There were a wheen fowk aboot an there were cars wi lichts on. But naebody ever minded the GFG. It wis impossible tae unnerstaund jist hoo he did it. There wis a kind o magic in his movements. He seemed tae melt intae the shaddaes. He would sleek – that wis the ainly word tae describe his wey o movin – he would sleek seelently fae ae mirk place tae anither, aye movin, aye sleekin forrart throu the streets o Lunnon, his black cloak blendin wi the shaddaes o the nicht.

It micht be that ane or twa late-nicht stravaigers thocht they saw a lang black shaddae gang skiffin doon a mirk wynd, but even then, they wouldna hae believed their ain een. They would hae dismissed it as havers an blamed themsels for seein mirligoes that werena there.

Sophy an the GFG cam at last tae a muckle green fu o trees. There wis a road rinnin throu it, an a loch forby. There were nae fowk in this place an the GFG stapped for the first time since they had set furth o his cave monie oors syne.

'Whit's the maitter?' Sophy whuspered unner her braith.

'I'se in a bit o a gluddle,' he said.
'Ye're daein fine,' Sophy whuspered.

'Naw, I isna,' he said. 'I is sair conflummixt noo. I is alluterly lost.'

'But how come?'

'Because we is meant tae be in the mids o Lunnon an suddenly we is in green pastures.'

'Dinna be daft,' Sophy whuspered. 'This *is* the mids o Lunnon. It's cried Hyde Park. I ken exackly whaur we are.'

'You'se haverin.'

'I'm no. I sweir I'm no. We're awmaist there.'

'Ye mean we is nearly at the Queen's Pailace?' cried the GFG.

'It's jist ower the road,' Sophy whuspered. 'This is whaur *I* tak ower.'

'Which wey?' the GFG speired.

'Strecht aheid.'

The GFG trotted forrart throu the desertit park.

'Stap here.'

The GFG stapped.

'Ye see that muckle roondaboot aheid o us jist ootside the Park?' Sophy whuspered.

'I see it.'

'Yon's Hyde Park Neuk.'

Even noo, whan there wis anither oor afore daybrak, there wis a guid bit o traffic movin aroond Hyde Park Neuk.

Syne Sophy whuspered, 'In the mids o the roondaboot there is a muckle stane airch wi a statue o a horse an rider on tap. Can ye see that?'

The GFG keeked throu the trees. 'I is seein it,' he said.

'Dae ye think that if ye took a gey fast rin at it, ye could lowp clear ower Hyde Park Neuk, ower the airch an ower the horse an rider an land on the pavement on the tither side?'

'Nae bother,' the GFG said.

'Ye're shair? Ye're really shair?'

'I promise,' the GFG said.

110

'Whitever ye dae, ye maunna land in the mids o Hyde Park Neuk.'

'Dinna be fashin,' the GFG said. 'Tae me that is a scootie wee lowp. There's no a whittie-whattie tae it.'

'Then *gae!*' Sophy whuspered.

The GFG brak intae a fu gallop. He gaed breengin ower the Park an jist afore he reached the railins that dividit it fae the street, he took aff. It wis a michty muckle lowp. He flew high ower Hyde Park Neuk an landed as saft as a cat on the pavement on the ither side.

'Weel dune!' Sophy whuspered. 'Noo quick! Ower that waw!'

Strecht aheid, borderin the pavement, wis a brick waw wi muckle jaggy spikes aw alang the tap. A wee hunker an a lowp an the GFG wis ower it.

'We're there!' Sophy whuspered excitedly. 'We're in the Queen's back gairden!'

THE PAILACE

'BY JINGBANG!' whuspered the Guid Freendly Giant. 'Is this really it?'

'There's the Pailace,' Sophy whuspered back.

Scarce a hunner yairds awa, throu the lang trees in the gairden, ower the perjink lawns an flooer-beds, the muckle shape o the Pailace itsel loomed throu the mirk. It wis made o whitish stane. The sheer size o it bumbazed the GFG.

'But this place is haein a hunner bedrooms at least!' he said.

'Ay, for shair,' Sophy whuspered.

'Then I is bumblebazed,' the GFG said. 'Hoo is I findin the richt yin whaur the Queen is sleepin?'

'Let's gae a bit closer an tak a keek,' Sophy whuspered.

The GFG slippit forrart amang the trees. Suddenly he stapped deid. The ferlie lug in which Sophy wis sittin began tae swingle round.

'Hey!' Sophy whuspered. 'Ye're gaun tae cowp me oot!'

'Wheesht!' the GFG whuspered back. 'I'se hearin something!' He stapped ahint a clump o bushes. He bided. The lug wis aye switherin this wey an that. Sophy had tae hing on ticht tae the side o it tae stap hersel tummlin oot. The GFG pynted throu a jink in the bushes, an there, scarce fifty yairds aff, she saw a man paddin saft ower the lawn. He had a gaird-dug wi him on a leash.

The GFG steyed as still as a stookie. Sae did Sophy. The man an the dug walked on an disappeart intae the mirk.

'Ye wis tellin me they has nae sodgers in the back gairden,' the GFG whuspered.

'He's no a sodger,' Sophy whuspered. 'He's some sort o janitor. We'll need tae be carefu!'

'I'se no that fashed,' the GFG said. 'These muckle ferlie lugs o mine is pickin up even the noise o a man breathin on the tither side o this gairden.'

'Hoo much langer afore it growes licht?' Sophy whuspered.

'Gey short,' the GFG said. 'We's needin tae gae oor ring-dingers noo!'

He gaed sleekin on throu the vast gairden, an aince mair Sophy noticed hoo he seemed tae melt intae the shaddaes whaurever he gaed. His feet made nae soond at aw, even whan he wis steppin on gravel.

Suddenly, they were richt up agin the back waw o the great Pailace. The GFG's heid wis level wi the upper windaes ae flair up, an Sophy, cooryin in his lug, had the same view. In aw the windaes on that flair the curtains seemed tae be drawn. There were nae lichts shawin onieplace. In the distance they could hear the muffelt soond o traffic gaun roond Hyde Park Neuk.

The GFG stapped an pit his ither lug, the yin Sophy wisna sittin in, close tae the first windae.

'Naw,' he whuspered.

'Whit are ye listenin for?' Sophy whuspered back.

'For breathin,' the GFG whuspered. 'I'se able tae tell gin it's a man bean or a lady bean by the breathin-voice. We has a man in there. Snocherin a wee bit an aw.'

He gaed sleekin on, flattenin his lang, thin, black-happit body agin the side o the buildin. He cam tae the neist windae. He listened.

'Naw,' he whuspered.

He moved on.

'This room is toom,' he whuspered.

He listened in at a hantle mair windaes, but at ilk ane he shook his heid an moved on.

Whan he cam tae the windae in the verra centre o the Pailace, he listened but didna move on. 'Hoots,' he whuspered. 'We has a lady sleepin in there.'

Sophy felt a wee prinkle gae rinnin doon her spine. 'But wha?' she whuspered back.

The GFG pit a finger tae his lips for seelence. He raxed up throu the open windae an pairted the curtains a bittie.

The orange glowe fae the nicht-sky ower Lunnon creepit intae the room an cast a glister o licht ontae its waws. It wis a muckle room. A braw room. A rich cairpet. Gildit chairs. A dressin-table. A bed. An on the pillae o the bed lay the heid o a sleepin wumman.

Sophy suddenly fand hersel lookin at a face she had seen on stamps an coins an in the newspapers aw her life.

For twa-three saiconts her tongue wis tackit.

'Is that her?' the GFG whuspered.

'Ay,' Sophy whuspered back.

The GFG wasted nae time. First, an gey carefully, he sterted tae heeze up the lower hauf o the big windae. The GFG wis an expert on windaes. He had opened thoosands o them ower the years tae blaw his dwams intae bairns' bedrooms. Some windaes got steekit. Some were shoogly. Some creakit. He wis pleased tae find that the Queen's windae slid upwart like silk. He heezed up the lower hauf as faur as it would gae tae leave a place for Sophy tae sit on the windae-sole.

Neist, he closed the jink in the curtains.

Syne, wi fingcr an thoom, he liftit Sophy oot his lug an laid her on the windae-sole wi her legs danglin jist inside the room, but ahint the curtains.

'Noo dinna ye gae tapsalteeryin backweys,' the GFG whuspered. 'You'se needin tae be aye haudin on ticht wi baith haunds tae the inside o the windae-sole.'

Sophy did as he said.

It wis simmertime in Lunnon an the nicht wisna cauld, but mind that Sophy wis wearin jist her thin goonie. She would hae gien oniething for a dressin-goon, not jist tae keep her warm but tae hide the whiteness o her goonie fae watchfu een in the gairden ablow.

The GFG wis takkin the gless jar fae the pooch o his cloak. He unscrewed the lid. Noo, gey an carefu, he poored the precious dwam intae the wide end o his trumpet. He steered the trumpet throu the curtains, faur ben the room, pyntin it at the place whaur he kent the bed tae be. He took a deep braith. He pluffed oot his cheeks an *whuff*, he blew.

Noo he wis withdrawin the trumpet, slidin it oot awfu awfu carefu-like, like a thermometer.

'Is ye aw richt sittin there?' he whuspered.

'Ay,' Sophy murmured. She wis gey fleggit, but determined no tae shaw it. She lookit doon ower her shooder.

The grund seemed miles awa. It wis an awfu lang drap.

'Hoo lang will the dwam tak tae wark?' Sophy whuspered.

'Some taks an oor,' the GFG whuspered back. 'Some is quicker. Some is slawer yet. But it is shair tae find her in the end.'

Sophy said naething.

'I is aff tae bide in the gairden,' the GFG whuspered. 'Whan you'se wantin me, jist caw oot my name an I'se comin richt awa.'

'Will ye hear me?' Sophy whuspered.

'You'se forgettin these,' the GFG whuspered, smilin an pyntin tae his ferlie lugs.

'Guidbye,' Sophy whuspered.

Suddenly, unexpectedly, the GFG leaned forrart an kissed her gently on the cheek.

Sophy felt like greetin.

Whan she turned tae look at him, he wis awready gane. He had jist meltit awa intae the mirk gairden.

THE QUEEN

THE DAY brak at last, an the rim o a pale-yella sun hove up ahint the roof-tops by the back o Victoria Station.

A wee while efter, Sophy felt a lick o its warmth on her back an wis gratefu.

In the distance, she heard a kirk clock chappin. She coonted the chaps. There were seeven.

She fand it near impossible tae believe that she, Sophy, a wee orphan o nae real importance in the warld, wis presently sittin high up on the windae-sole o the Queen's chaumer, wi the Queen hersel asleep in there ahint the curtain no mair than five yairds awa.

The verra idea o it wis absurd.

Naebody had ever dune sic a thing afore.

It wis a terrifyin thing tae be daein.

Whit would happen if the dwam didna wark?

Naebody, least o aw the Queen, would believe a word o her story.

It wis possible that naebody had ever waukened tae find a wee bairn sittin ahint the curtains on his or her windae-sole.

The Queen wis boond tae be stammagastert.

Wha wouldna be?

Wi aw the patience o a wee lassie bidin on something gey an important, Sophy sat awfu still on the windae-sole.

Hoo much langer? she wunnered.

At whit time dae Queens wauken up?

Faint steerins an distant soonds cam tae her fae deep inside the hert o the Pailace.

Syne, at aince, ayont the curtains, she heard the voice o the sleeper in the chaumer. It wis the wabbly voice o somebody talkin in their sleep. 'Och no!' it cried oot. 'No! Don't – Somebody stop them! – Don't let them do it! – I can't stand it! – Och please stop them! – It's awful! – Och, it's dreadful! – No! No! No! . . .'

She is haein the dwam, Sophy telt hersel. It maun be sair dreidfu. I feel awfie sorry for her. But it needs tae be dune.

Efter that, there were a wheen girns an grains. Syne there wis a lang seelence.

Sophy bided. She lookit ower her shooder. She wis feart she would see the man wi the dug doon in the gairden gawkin up at her. But the gairden wis desertit. A shilpit simmer mist hingit ower it like smirr. It wis a muckle gairden, fair bonnie, wi a great orra-shaped loch at the faur end. There wis an island in the loch an there were deuks sweemin on the watter.

Ben the room, ayont the curtains, Sophy suddenly heard whit wis clearly a chap on the door. She heard the door-knob bein turned. She heard somebody enterin ben the room.

'Guid morra, Yer Maijesty,' a wumman wis sayin. It wis the voice of an auldish bodie.

There wis a pause an syne a wee dinnle o china an siller.

'Will ye hae yer tray on the bed, ma'am, or on the table?'

'Och Mary! Something awful has just happened!' This wis a voice Sophy had heard monie times on radio an television, especially on Christmas Day. It wis a gey weel-kent voice.

'Whitever is it, ma'am?'

'I've just had the most scunnersome dream! It was a nightmare! It was awful!'

'Och, I am sorry, ma'am. But dinna ye fash. Ye're awauk noo an it will gang awa. It wis jist a dream, ma'am.'

'Do you ken what I dreamt, Mary? I dreamt that lads and lassies were being snatched out their beds at boarding-school and were being eaten by the most gruesome giants! The giants were putting their arms throu the dormitory windows and plucking the bairns out with their fingers! One lot from a girls' school and another from a boys' school! It wis all that . . . that *vivid*, Mary! it was that *real!* '

There wis a seelence. Sophy bided. She wis prinklin wi excitement. But why the seelence? How did the ither yin, the maid, no say something?

'What on earth's the matter, Mary?' the weel-kent voice wis sayin.

There wis anither seelence.

'Mary! You're looking gey peaky! Are you not well?'

There wis a sudden cransh an a clatter o crockery that could ainly mean that the tray the maid wis cairryin had fawn fae her haunds.

'Mary!' the weel-kent voice wis sayin a bit sherply. 'I think you'd better sit down the now! You look as though you're about to faint! You really mustn't take it that hard just because I've had an awful dream.'

'That . . . that . . . that's no the raison, ma'am.' The maid's voice wis sair shoogly.

'Then for heaven's sake what is the reason?'

'I'm awfie sorry aboot the tray, ma'am.'

'Och, don't fash about the *tray*. But what on earth was it made you drop it? How did you go white as a ghost all on a sudden?'

'Have ye no seen the papers yet, ma'am?'

'No, what are they saying?'

Sophy heard the reeslin o a newspaper as it wis haunded ower.

'It's like the verra dream ye had in the nicht, ma'am.'

'Havers, Mary. Where is it?'

'On the front page, ma'am. It's the big heidlines.'

'Mercy me!' cried the weel-kent voice. 'Eighteen lassies vanish mysteriously from their beds at Roedean School!

Fourteen lads disappear from Eton! Bones are found underneath dormitory windows!'

Syne there wis a pause dintit by gasps fae the weel-kent voice as the newspaper article wis bein read richt throu an digestit.

'Och, how ghastly!' the weel-kent voice cried oot. 'It's fair frightful! Bones under the windows! What can have happened? Och, those poor bairns!'

'But ma'am . . . dae ye no see, ma'am . . .'

'See whit, Mary?'

'Thae bairns wis taen awa jist exackly as ye dreamt it, ma'am!'

'Not by giants, Mary.'

'Naw, ma'am. But the bit aboot the lads an lassies disappearin fae their dormitories, ye dreamt it that clear an then it jist happened. Yon's how I cam ower aw peelie-wallie, ma'am.'

'I'm feeling a bit peelie-wallie myself, Mary.'

'It gies me the shoogles, ma'am, whan a thing like yon happens, it really dis.'

'I don't blame you, Mary.'

'I'll get you some mair brekfast, ma'am, an I'll redd up this mess.'

'No! Don't go, Mary! Bide here a bit!'

Sophy wished she could see intae the room, but she didna daur touch the curtains. The weel-kent voice began speakin again. 'I really *did* dream about those bairns, Mary. It was clear as Edinburgh crystal.'

'I ken ye did, ma'am.'

'I don't know how *giants* got into it. That was havers.'

'Will I draw the curtains, ma'am, then we will aw feel better. It's a bonnie day.'

'Ay, please do that.'

Wi a sweesh, the great curtains were poued aside.

The maid skirled.

Sophy froze tae the windae-sole.

The Queen, sittin up in her bed wi The Times on her lap, glanced up sherply. Noo it wis her shot tae freeze. She didna skreich as the maid had dune. Queens are ower self-controlled for that. She jist sat there gawpin wide-eed an white-faced at the wee lassie that wis perched on her windae-sole in her goonie.

Sophy wis sair fleggit.

Curiously, the Queen wis sair fleggit an aw. Ye micht hae thocht she'd look surpreesed, as you or I would gin we'd fund a wee lassie sittin on oor windae-sole first thing in the mornin. But the Queen didna look surpreesed. She lookit richt feart.

The maid, a middle-aged wumman wi a funny wee bunnet on tap o her heid, wis the first tae recover. 'Whit in the name

o guidness dae ye think ye're daein in here?'
she shoutit angrily tae Sophy.

Sophy lookit in howps towart the
Queen for help.

The Queen wis still starin at Sophy.
Gawkin at her would be mair like
it. Her mooth wis a bittie open,
her een were roond an wide as twa
saucers, an the hail o that weel-kent
raither winsome face wis fu o disbelief.

'Noo see here, lassie, hoo on earth did ye
get intae this room?' the maid shoutit furiously.

'I don't believe it,' the Queen wis curmurrin. 'I just don't
believe it.'

'I'll tak her oot, ma'am, strecht awa,' the maid wis sayin.

'No, Mary! No, don't do that!' The Queen spak that
sherply the maid wis fair taen aback. She turned an gawked
at the Queen. Whit on earth had come ower her? She seemed
tae be in a richt stammagaster.

'Are ye aw richt, ma'am?' the maid wis sayin.

Whan the Queen spak again, it wis in an unco strangelt
kind o whusper. 'Tell me, Mary,' she said, 'tell me gey truth-
fully, is there really a wee lassie sitting on my window-sole, or
am I dreaming yet?'

'She is sittin there aw richt, ma'am, as clear as daylicht,
but heiven ainly kens hoo she got there! Yer Maijesty's no
dreamin it this time for shair!'

'But that's exactly what I *did* dream!' the Queen cried oot. 'I
dreamt that *forby!* I dreamt there would be a wee lassie sitting
on my window-sole in her goonie and she would talk to me!'

The maid, wi her haunds clesped ower her starched white
bosom, wis gawkin at her mistress wi a look o misdoot on her
face. Things were gangin faur agley. She wis lost. She hadna
been trained tae cope wi this kind o gyteness.

123

'Are you real?' the Queen said tae Sophy.

'A-a-ay, Yer Maijesty,' Sophy murmured.

'What is your name?'

'Sophy, Yer Maijesty.'

'And how did you get up on to my window-sole? No, don't answer that! Hang on a wee minute! I dreamt that part of it, too! I dreamt that a giant put you there!'

'He did, Yer Maijesty,' Sophy said.

The maid gied a yowl o anguish an clesped her haunds ower her face.

'Control yourself, Mary,' the Queen said sherply. Then tae Sophy she said, 'You're not serious about the giant, are you?'

'Och ay, Yer Maijesty. He's oot there in the gairden the now.'

'Is he now,' the Queen said. The sheer absurdity o it aw wis helpin her tae regain her composure. 'So he's in the gairden, is he?' she said, smilin a bittie.

'He is a *guid* giant, Yer Maijesty,' Sophy said. 'Ye needna be feart o him.'

'I'm right glad to hear it,' said the Queen, aye smilin.

'He is my best freend, Yer Maijesty.'

'That's nice,' the Queen said.

'He's a braw giant, Yer Maijesty.'

'I'm sure he is,' the Queen said. 'But why have you and this giant come to see me?'

'I think ye've dreamt that pairt o it an aw, Yer Maijesty,' Sophy said calmly.

That pit the Queen's gas at a peep.

It dichtit the smile richt aff her face.

She certainly *had* dreamt that pairt o it. She wis mindin noo that, at the end o her dwam, it had said that a wee lassie an a big freendly giant would come an shaw her hoo tae find the nine gruesome man-eatin giants.

But caw canny, the Queen telt hersel. Keep yer heid. Because this michtna be faur fae the place whaur madness begins.

'Ye *did* dream that, did ye no, Yer Maijesty?' Sophy said.

The maid wis awa wi the fairies noo. She jist stood there gawkin.

'Ay,' the Queen murmured. 'Ay, now you come to mention it, I did. But how do you ken what I dreamt?'

'Och, that's a lang story, Yer Maijesty,' Sophy said. 'Would ye like me tae caw the Guid Freendly Giant?'

The Queen lookit at the bairn. The bairn lookit strecht back at the Queen, her face open an gey serious. The Queen jist didna ken whit tae mak o it. Wis somebody pouin her leg? she wunnered.

'Will I caw him for ye?' Sophy gaed on. 'Ye'll like him awfie much.'

The Queen took a deep braith. She wis glad naebody forby her leel auld Mary wis here tae see whit wis gaun on. 'Very weel,' she said. 'You can call your giant. No, bide a wee. Mary, pull yourself thegether and give me my dressing-gown and slippers.'

The maid did as she wis telt. The Queen got oot her bed an pit on a pale pink dressing-goon an slippers.

'You can call him the now,' the Queen said.

Sophy turned her heid towart the gairden an cried oot, 'GFG! Her Maijesty the Queen would like tae see ye!'

The Queen crossed ower tae the windae an stood neist tae Sophy.

'Come down frae that ledge,' she said. 'You're going to fall backwarts any moment.'

Sophy lowpit doon intae the room an stood aside the Queen at the open windae. Mary, the maid, stood ahint them. Her haunds were noo plantit firmly on her hips an there wis a look on her face that seemed tae say, 'I'm no wantin onie pairt o this nonsense.'

'I don't see onie giant,' the Queen said.

'Bide a bittie mair,' Sophy said.

'Will I tak her awa noo, ma'am?' the maid said.

'Take her down the stair and give her her brakefast,' the Queen said.

Jist then, there wis a reesle in the bushes by the loch.

Syne oot he cam!

Twenty-fower foot tall, happit in his black cloak wi the grace o a laird, aye cairryin his lang trumpet in ae haund, he strode magnificently ower the Pailace back green towart the windae.

The maid skreiched.

The Queen gasped.

Sophy waved.

The GFG took his time. He wis gey dignifeed in his approach. Whan he wis close tae the windae whaur the three o them were staundin, he stapped an made a slaw gracefu bou. His heid, efter he had strechtened up again, wis jist aboot level wi the watchers at the windae.

'Yer Maijestree,' he said. 'I is yer bramble servant.' He boued again.

For aw that she wis meetin a giant for the first time in her life, the Queen managed tae keep a calm souch. 'We are gey pleased to meet you,' she said.

Doon ablow, a gairdener wis danderin ower the lawn wi a hurlybarrow. He catched sicht o the GFG's legs ower tae his left. His gaze traivelt slawly upwart alang the hail hicht o the

muckle craitur. He grippit the haundles o the hurlybarrow. He sweyed. He stottert. Syne he cowpit ower on the gress in a deid swoom. Naebody minded him.

'Och, Maijestree!' cried the GFG. 'Och, Queen! Och, Quine! Och, Your Heinous! Och, Gowden Sovereign! Och, Ruler! Och, Ruler o Strecht Lines! I is come here wi my wee freend Sophy . . . tae gie ye a . . .' The GFG swithered, searchin for the richt word.

'To gie me what?' the Queen said.

'A skelpin haund,' the GFG said, beamin.

The Queen lookit bumbazed.

'He sometimes speaks a bit squeegee, Yer Maijesty,' Sophy said. 'He didna gae tae the scuil.'

'Then we must send him to the school,' the Queen said. 'We have some very guid schools in this country.'

'I'se a hantle great secrets tae tell Yer Maijestree,' the GFG said.

'I would be right glad to hear them,' the Queen said. 'But not in my dressing-gown.'

'Are ye wantin tae get dressed, ma'am?' the maid said.

'Have you two had your brakefast?' the Queen said.

'Och, could we?' Sophy cried. 'Och, please! I've no eaten a thing since yesterday!'

'I was about to have mine,' the Queen said, 'but Mary dropped it.'

The maid golped.

'I imagine we have mair food in the Palace,' the Queen said, speakin tae the GFG. 'Aiblins you and your wee freend would like to join me.'

'Will it be foostie feechcumbers, Maijestree?' the GFG speired.

'Will it be what?' the Queen said.

'Mingsome feechcumbers,' the GFG said.

'What is he blethering about?' the Queen said. 'It sounds like a rude word to me.' She turned tae the maid an said, 'Mary, speir them to serve brakefast for three in the . . . I think it had better be in the Ballroom. That has the highest ceiling.' Tae the GFG, she said, 'I'm afraid you'll need to gang throu the door on your hands and knees. I will send a bodie to show you the way.'

The GFG raxed up an heezed Sophy oot the windae. 'You an me is leavin Her Maijestree alane tae get dressed,' he said.

'No, let the wee lassie bide here with me,' the Queen said. 'We'll need to find something for her to put on. She can't have her brakefast in her goonie.'

The GFG returned Sophy tae the bedroom.

'Can we hae fried eggs, Yer Maijesty?' Sophy said. 'An kippers an aw?'

'I think that could be arranged,' the Queen answered, smilin.

'Jist wait tae ye taste aw that!' Sophy said tae the GFG. 'Nae mair feechcumbers fae noo on!'

THE ROYAL BREKFAST

THERE WIS an awfu stooshie amang the Pailace servants whan orders were receivit fae the Queen that a twenty-fower-foot giant wis tae be seatit wi Her Maijesty in the Grand Ballroom in the neist hauf-oor.

The butler, an imposin chiel cried Mr Tammas, wis the high heidyin amang the Pailace servants an he did the best he could in the gey short time he had. A man disna rise tae become the Queen's butler forby he is giftit wi byordinar ingenuity, adaptability, versatility, dexterity, cunnin, sophistication, sagacity, discretion an a hantle ither talents that naither you nor I possess. Mr Tammas had them aw. He wis in the butler's pantry sippin an early morn hot toddy whan the order reached him. In a split saicont he had made the follaein calculations in his heid: gin a normal sax-foot man needs a three-foot-high table tae eat aff, a twenty-fower-foot giant will need a twal-foot-high table.

An gin a sax-foot man needs a chair wi a twa-foot-high seat, a twenty-fower-foot giant will need a chair wi an echt-foot-high seat.

Awthing needs tae be multipleed by fower, Mr Tammas telt himsel. Twa brekfast eggs becomes echt. Fower rashers o bacon becomes saxteen. Three bits toast becomes twal, an sae on. These calculations anent food were passed strecht on tae Monsieur Panloaf, the royal chef.

Mr Tammas skiffed intae the Ballroom (butlers dinna walk, they skiff ower the grund) follaed by a hail airmy o fitmen. The fitmen aw wore knee-breeks an ilk ane o them had bonnie roonded calfs an ankles. Ye jist canna become a royal fitman forby ye hae a weel-turned ankle. It is the first thing they look for at yer interview.

'Push the grand piano intae the centre o the room,' Mr Tammas whuspered. Butlers never heeze their voices abune the saftest whusper.

Fower fitmen moved the piano.

'Noo fesh a muckle kist-o-drawers an lay it on tap o the piano,' Mr Tammas whuspered.

Three ither fitmen feshed an awfu grand Chippendale mahogany kist-o-drawers an placed it on tap o the piano.

'That will be his chair,' Mr Tammas whuspered. 'It is exackly echt foot aff the grund. Noo we will mak a table that this gentleman can eat his brekfast on in comfort. Fesh me fower gey an lang grandfaither clocks. There are plenty o them aroond the Pailace. Let ilka clock be twal foot high.'

Saxteen fitmen spreid oot aroond the Pailace tae find the clocks. They werena easy tae cairry an ilk ane needit fower fitmen.

'Place the fower clocks in a rectangle echt foot by fower alangside the grand piano,' Mr Tammas whuspered.

The fitmen did sae.

'Noo fesh me the young Prince's ping-pong table,' Mr Tammas whuspered.

The ping-pong table wis cairried in.

'Unscrew its legs an tak them awa,' Mr Tammas whuspered. This wis dune.

'Noo lay the ping-pong table on tap o the fower grand-faither clocks,' Mr Tammas whuspered. Tae dae this, the fitmen had tae staund on step-ladders.

Mr Tammas stood back tae view the new furniture. 'Nane o it is in the classic style,' he whuspered, 'but it'll need tae dae.' He gied orders that a damask tablecclaith wis tae be spreid ower the ping-pong table, an in the end it lookit gey fantoosh efter aw.

At this pynt, Mr Tammas wis seen tae swither. The fitmen aw gawked at him, stammagastert. Butlers never swither, no even whan they are faced wi the maist fykie problems. It is their job tae be richt decisive at aw times.

'Knives an forks an spoons,' Mr Tammas wis heard curmurrin. 'Oor cutlery will be like wee peens in his haunds.'

But Mr Tammas didna swither for lang. 'Tell the heid gairdener,' he whuspered, 'that I'm needin a split-new unyaised gairden fork an a spade an aw. An for a knife we'll can yaise the great claymore hingin on the waw in the mornin-room. But dicht the sword weel first. It wis last yaised tae sned aff the heid o King Charlie the First an there micht be a bittie dried bluid on the blade yet.'

Whan aw this had been dune, Mr Tammas stood near the centre o the Ballroom castin his expert butler's een ower the scene. Had he missed oniething? Deed he had. Whit aboot a coffee cup for the unco gentleman?

'Fesh me,' he whuspered, 'the mucklest jug ye can find fae the kitchen.'

A braw gallon-sized porcelain jug wis brocht in an laid on the giant's table neist the gairden fork an the gairden spade an the great claymore.

Weel an guid for the giant.

Syne Mr Tammas had the fitmen move a perjink wee table an twa chairs neist the giant's table. This wis for the Queen an Sophy. The giant's table an chair tooered faur abune the wee'er table, but that jist couldna be helped.

Aw these arrangements had scarce been made whan the Queen, happit in a perjink kilt an cashmere cardigan, entered the Ballroom haudin Sophy by the haund. A bonnie blue dress that had aince belanged tae ane o the Princesses had been fund for Sophy, an tae mak her look bonnier yet, the Queen had picked up a braw sapphire brooch fae her dressin-table an had peened it on the left side o Sophy's chest. The Guid Freendly Giant follaed ahint them, but he had an awfu job gettin throu the door. He had tae squeesh himsel throu on his haunds an knees, wi twa fitmen pushin him fae ahint an twa pouin fae the front. But he got throu in the end. He had taen aff his black cloak an got shot o his trumpet, an wis noo wearin his ordinar simple claes.

As he walked across the Ballroom he had tae jouk a guid bit tae avoid duntin the ceilin. Because o this he didna mind a muckle crystal chaundelier. Cransh gaed his heid richt intae the chaundelier. A shooer o gless fell upon the puir GFG. 'Crummietaes an hecklebirnies!' he cried. 'Whit wis yon?'

'It *wis* Louis the Fifteenth,' the Queen said, lookin a bittie pit oot.

'He's never been in a hoose afore,' Sophy said.

Mr Tammas glowered. He set fower fitmen tae redd up the

mess, syne, wi a scunnert wee wave o the haund, he signalled tae the giant tae seat himsel on tap o the kist-o-drawers on tap o the grand piano.

'Whit a fantastooshous seat!' cried the GFG. 'I is gaun tae be cosy as a peatot up here.'

'Does he aye speak like that?' the Queen speired.

'Ay, aften,' Sophy said. 'He gets fankelt up wi his words.'

The GFG sat doon on the kist-o-drawers-piano an gawked in wunner aroond the Great Ballroom. 'By jingbang!' he cried. 'Whit a brawstottin muckle-whuckle room we is in! It is that muckldety I'se needin bi-keekers an faur-keekers tae see whit's gaun on at the tither end!'

Fitmen arrived cairryin siller trays wi fried eggs, kippers, bacon an tattie scones.

Suddenly Mr Tammas realized that in order tae serve the GFG at his twal-foot-high grandfaither-clock table, he'd need tae clim tae the tap o yin o the lang step-ladders. Whit's mair, he'd need tae dae it whiles balancin a warm ashet on his loof an haudin a muckle siller coffee-pot in the tither. An ordinar chiel would hae flinched at the thocht o it. But guid butlers never flinch. Up he gaed, up an up an up, whiles the Queen an Sophy watched him wi great interest. Mibbie they were baith secretly howpin he would lose his balance an gae tummlin tae the flair. But guid butlers never tummle.

At the tap o the ladder, Mr Tammas, balancin like an acrobat, poored the GFG's coffee an laid the great ashet afore him. On the ashet there were echt eggs, twal kippers, saxteen rashers o bacon an a tooer o tatties scones.

'Whit's yon here, please, Yer Maijestree?' the GFG speired, peerin doon at the Queen.

'He's ainly ever eaten feechcumbers afore in his life,' Sophy explained. 'They taste foostie.'

'They don't seem to have stunted his growth,' the Queen said.

The GFG grippit the gairden spade an howked up aw the eggs, kippers, bacon an tattie scones at aince an shovelt them intae his muckle mooth.

'Hoots!' he cried. 'This stuff is makkin feechcumbers taste like splarritch!'

The Queen glanced up, froonin. Mr Tammas lookit doon at his taes an his lips moved in seelent prayer.

'That wis jist ae titchy wee bite,' the GFG said. 'Is ye haein onie mair o this deleesome scran in yer kitchen press, Maijestree?'

'Tammas,' the Queen said, shawin richt regal hospitality, 'fetch the gentleman another dozen fried eggs and a dozen kippers.'

Mr Tammas swam oot the room curmurmurrin unspeakable words tae himsel an dichtin his broo wi a pocket-napkin.

The GFG heezed the muckle jug an took a swig. Yewch!' he cried, blawin a moothfu across the Ballroom. 'Please, whit is this mingin muckbroo I is drinkin, Maijestree?'

'It's coffee,' the Queen telt him. 'Fresh roasted.'

'It's feechsome!' the GFG cried oot. 'Whaur is the fuzzleglog?'

'The *what?*' the Queen speired.

'Fantooshious fissy fuzzleglog,' the GFG answered. 'Awbody needs tae be drinkin fuzzleglog wi their brekfast, Maijestree. Syne we can aw be rummlypumpin happily thegither efterward.'

'What *does* he mean?' the Queen said, froonin at Sophy. 'What is rummlypumpin?'

Sophy kept a gey strecht face. 'GFG,' she said, 'there's nae fuzzleglog here an rummlypumpin is strictly forbidden!'

'Whit!' cried the GFG. 'Nae fuzzleglog? Nae rummly-pumpin? Nae brammerous music? Nae boom-boom-boom?'

'Nae wey,' Sophy telt him firmly.

'If he wants to sing, please don't stop him,' the Queen said.

'He disna want tae sing,' Sophy said.

'He said he wants to make music,' the Queen gaed on. 'Will I send for a fiddle?'

'Naw, Yer Maijesty,' Sophy said. 'He's jist haverin.'

A sleekit wee smile crossed the GFG's face. 'Listen,' he

said, keekin doon at Sophy, 'gin they's no haein fuzzleglog here in the Pailace, I'll can rummlypump richt weel athoot it gin I'se tryin that hard.'

'Naw!' cried Sophy. 'Dinna! Ye're no tae! I beg ye!'

'Music is grand for the digestion,' the Queen said. 'When I'm up in Scotland, they play the bagpipes outside the window while I'm eatin. Please play something.'

'I has Her Maijestree's lowance!' cried the GFG, an wi that he let oot a rummlypump that soonded like a bomb explodin in the room.

The Queen lowpit.

'Hoots an toots!' skirled the GFG. 'That is better than skirlybags, is it no, Maijestree?'

It took the Queen twa-three saiconts tae get ower the shock. 'I prefer the bagpipes,' she said. But she couldna stap hersel smilin.

For the neist twenty meenits, a hail clanjamfrie o fitmen were kept busy hurryin tae an frae the kitchen cairryin third helpins an fowrth helpins an fifth helpins o fried eggs an kippers for the ravenous an unco happy GFG.

Whan the GFG had consumed his seeventy-saicont fried egg, Mr Tammas sidled up tae the Queen. He bent low fae the waist an whuspered in her lug, 'Chef sends his apologies, Yer Maijesty, but he says he's nae mair eggs in the kitchen.'

'What's the matter with the hens?' the Queen said.

'Naething's wrang wi the hens, Yer Maijesty,' Mr Tammas whuspered.

'Well, tell them to lay more,' the Queen said. She lookit up at the GFG. 'Have a bit toast and marmalade while you're waiting,' she said tae him.

'The toast is feenisht an aw,' Mr Tammas whuspered, 'an chef says there's nae mair breid.'

'Tell him to bake more,' the Queen said.

Whiles aw this wis gaun on, Sophy had been tellin the

Queen awthing, absolutely awthing aboot her veesit tae the Land o Giants. The Queen listened, fair bumbazed. Whan Sophy had feenisht, the Queen lookit up at the GFG, wha wis sittin faur abune her eatin a Dundee cake.

'Guid Freendly Giant,' she said, 'last night those man-eating brutes came to England. Can you mind where they went the night afore?'

The GFG pit the hail cake intae his mooth an chawed it slaw whiles he thocht aboot this. 'Ay, Maijestree,' he said. 'I think I can mind whaur they said they wis gaun the nicht afore yon. They wis gallowpin aff tae Sweden for the Sweden soor taste.'

'Fetch me a telephone,' the Queen commandit.

Mr Tammas placed the instrument on the table. The Queen liftit the receiver. 'Get me the King of Sweden,' she said.

'Good morning,' the Queen said. 'Is everything fine in Sweden?'

'Awthing is awfie!' the King o Sweden answered. 'There's an upsteer in the capital! Twa nichts syne, twenty-sax o my leel subjecks disappeart! My hail country is in a tirrivee!'

'Your twenty-six leel subjects were all eaten by giants,' the Queen said. 'Seemingly they like the taste of Swedes.'

'How come they like the taste o Swedes?' the King speired.

'Because the Swedes of Sweden have a sweet and sour taste, according to the GFG,' the Queen said.

'I dinna ken whit ye're haverin aboot,' the King said, a bit crabbit. 'It's no that funny whan yer leel subjecks are bein eaten like sweeties.'

'They've eaten mine as well,' the Queen said.

'An wha are *they*, for heiven's sake?' the King speired.

'Giants,' the Queen said.

'See here,' the King said, 'are ye feelin aw richt?'

'It's been a rough morning,' the Queen said. 'First I had a scunnersome nightmare, then the maid dropped my brakefast and now I've got a giant on the piano.'

'Ye're needin tae see the doctor!' cried the King.

'I'll be fine,' the Queen said. 'I need to go now. Thanks for your help.' She pit doon the receiver.

'Your GFG is right enough,' the Queen said tae Sophy. 'Those nine man-eating brutes *did* gang to Sweden.'

'It's awfie,' Sophy said. 'Please stap them, Yer Maijesty.'

'There's ae thing I'd like to check afore I call out the troops,' the Queen said. Aince mair, she lookit up at the GFG. He wis eatin crumpets noo, pappin them intae his mooth ten at a time, like peas.

'Think hard, GFG,' she said. 'Where did those ugsome giants say they were galloping off to *three* nights syne?'

The GFG thocht lang an hard.

'Hoots!' he cried at last. 'I'se mindin noo!'

'Where?' speired the Queen.

'Ane wis aff tae Baghdad,' the GFG said. 'As they is gallowpin past my cave, Girslegorbler is waggin his airms an shoutin at me, "I'se aff tae Baghdad an I is gaun tae Baghdad an maw an their guddle o ten bairns an aw!" '

Aince mair, the Queen liftit the receiver. 'Get me the Laird Provost of Baghdad,' she said. 'If they don't have a Laird Provost, get me the next best thing.'

In five saiconts, a voice wis on the line. 'This is the Sultan o Baghdad speakin,' the voice said.

'Listen, Sultan,' the Queen said. 'Did an orra thing happen in your city three nights syne?'

'Orra things are aye happenin in Baghdad,' the Sultan said. 'We are chappin aff fowk's heids like ye are chappin syboes.'

'I've never chopped syboes in my life,' the Queen said. 'I want to ken if anybody has *disappeared* recently in Baghdad?'

'Jist my uncle, Caliph Haroun al Rashid,' the Sultan said.

'He disappeart fae his bed three nichts syne thegither wi his wife an ten bairns.'

'I telt youse!' cried the GFG, wha could hear whit the Sultan wis sayin tae the Queen on the telephone wi his braw ferlie-lugs. 'Yon wis the Girslegorbler! He gaed aff tae Baghdad tae bag dad an maw an aw the wee bairnikies!'

The Queen pit doon the receiver. 'That proves it,' she said, lookin up at the GFG. 'Your story is appairently quite true. Summon the Head of the Army and the Head of the Air Force right now!'

THE PLOY

THE HEID o the Airmy an the Heid o the Air Force stood at attention aside the Queen's brekfast table. Sophy wis in her seat yet an the GFG wis aye high up on his unco perch.

It took the Queen jist five meenits tae explain the situation tae the military men.

'I *kent* there wis something like this gaun on, Yer Maijesty,' said the Heid o the Airmy. 'For ten years noo we've been gettin reports fae jist aboot ilka country in the warld aboot fowk disappearin mysteriously in the nicht. There wis yin jist the ither day fae Panama . . .'

'For the hattery taste!' cried the GFG.

'An yin fae Wellington, in New Zealand,' said the Heid o the Airmy.

'For the booty flavour!' cried the GFG.

'Whit's he haverin aboot?' said the Heid o the Air Force.

'Work it out for yourself,' the Queen said. 'What time is it? Ten a.m. In eight hours those nine bloodthirsty brutes will be galloping off to gilravage another two dozen poor wretches. They must be stopped. We need to act fast.'

'We'll bomb the blichans!' shoutit the Heid o the Air Force.

'We'll massacker them wi machine-guns!' cried the Heid o the Airmy.

'I do not approve of murder,' the Queen said.

'But they're murtherers themsels!' cried the Heid o the Airmy.

'That is nae reason for us to follow their example,' the

Queen said. 'Two wrongs don't make a right.'

'An twa richts disna mak a left!' cried the GFG.

'We must bring them back alive,' the Queen said.

'Hoo?' the twa military men said thegither. 'They're aw fifty foot lang. They'd whummle us doon like skittles!'

'Wait!' cried the GFG. 'Haud yer horseflees! Keep yer kilts on! I micht be haein the answer tae the pillion mund question!'

'Let him speak,' the Queen said.

'Ilka efternoon,' the GFG said, 'the hail clan o giants is in the Land o Noddy.'

'I canna mak oot a word this chiel says,' girned the Heid o the Airmy. 'It's aw havers tae me.'

'He means the Land o Nod,' Sophy said. 'It's gey an clear.'

'Exatickly!' cried the GFG. 'Ilka efternoon aw thae nine giants is lyin on the grund snocherin awa in a richt deep sleep. They is aye restin like that afore they's gallowpin aff tae snashter mair human beans.'

'Gac on,' they said. 'Sae whit?'

'Sae you an yer sodgers can gang heepy-creep up tae the giants while they's in the Land o Noddy an hankle their airms an legs wi michty raips an whunkin chains.'

'Braw,' the Queen said.

'That's aw verra weel,' said the Heid o the Airmy. 'But hoo dae we get the brutes back here? We canna load fifty-foot giants ontae trucks! Shoot 'em on the spot, that's whit I say!'

The GFG lookit doon fae his lofty perch an said, this time tae the Heid o the Air Force, 'You'se haein ceilidh-hoppers, is ye no?'

'Is he bein funny?' speired the Heid o the Air Force.

'He means helicopters,' Sophy telt him.

'Then how no say that? Ay, we've got helicopters.'

'Muckle-whuckle ceilidh-hoppers?' speired the GFG.

'Great muckle yins,' the heid o the Air Force said proudly.

'But nae helicopter is big eneuch tae get a giant like yon inside it.'

'You'se no pittin him ben,' the GFG said. 'You'se hingin him unnerneath the wame o yer ceilidh-hopper an cairryin him like a tarmagedo.'

'Like a *whit?*' speired the Heid o the Air Force.

'Like a torpedo,' Sophy said.

'Could you do that, Air Marshal?' the Queen speired.

'Ay, nae doot,' the Heid o the Air Force admittit grudginly.

'Then on ye gang!' the Queen said. 'You'll need nine helicopters, ane for ilka giant.'

'Whaur is this place?' the Air Force man speired the GFG. 'I jalouse ye can pinpynt it on the map?'

'*Pinpynt?*' said the GFG. '*Map?* I'se never hearin thae words afore. Is yon Air Force bean talkin wavery-havers?'

The Air Marshal's face turned the colour o a ripe brammle. He wisna yaised tae bein telt he wis talkin wavery-havers. The Queen, wi her yaisual tact an guid sense, cam tae the rescue. 'GFG,' she said, 'can you tell us *mair or less* where this Land of Giants is?'

'Naw, Maijestree,' the GFG said. 'This I canna.'

'Then we're jiggered!' cried the Airmy General.

'This is pure daft!' cried the Air Marshal.

'Ye shouldna be giein up that easy,' the GFG said calmly. 'The first brothstickle ye meet an ye stert skirlin you'se bumblebazed.'

The Airmy General wis nae mair yaised tae bein insultit than the Air Marshal. His face began tae swall wi fury an his cheeks pluffed tae they lookit like twa sonsie ripe tomataes. 'Yer Maijesty!' he cried.

'We are dealin wi a bampot! I'm no haein onie mair tae dae wi this daftlike ploy!'

The Queen wis weel yaised tae stooshies amang her senior offeecials, sae she jist ignored him. 'GFG,' she said, 'please tell those m u c k l e sumphs exactly what to do.'

'Wi   pleisure, Maijestree,' said the GFG. 'Noo tak guid tent, ye twa boggyfummers.'

The   military   men began tae fidge, but they steyed whaur they were.

'I'se no haein a tickie idea whaur the Land o Giants is in the warld,' the GFG said, 'but I can ayewis gallop there. I'se gallowpin froth an back tae the Land o Giants ilka nicht tae blaw my dwams intae bairnies' bedrooms. I'se kennin the wey richt weel. Sae aw you'se needin tae dae is this. Pit yer nine muckle ceilidh-hoppers up in the air an mak them follae me as I'se gallowpin alang.'

'How lang will the journey take?' speired the Queen.

'Gin we's leavin noo,' the GFG said, 'we'll be arrivin jist as the giants is haein their efternoon snoozle.'

'Braw,' said the Queen. Syne turnin tae the twa military men, she said, 'Prepare to leave right now.'

The Heid o the Airmy wis gey scunnert by the hail business an said, 'That's aw verra weel, Yer Maijesty, but whit'll we dae wi the lunderin limmers efter we bring them back?'

'Don't you be fashed about that,' the Queen telt him. 'We'll be ready for them. Hurry up, now! Off you gang!'

'If ye please, Yer Maijesty,' Sophy said, 'I'd like tae ride wi the GFG, tae chum him.'

'Where will you sit?' speired the Queen.

'Ben his lug,' Sophy said. 'Shaw them, GFG.'

The GFG got doon fae his high chair. He heezed Sophy up in his fingers. He swivelt his muckle richt lug tae it wis parallel wi the grund, syne he placed Sophy gently ben.

The Heids o the Airmy an the Air Force stood there gawpin. The Queen smiled. 'Ay, ye're a richt ferlie of a giant,' she said.

'Maijestree,' said the GFG, 'I'se haein a wee favour tae ask o ye.'

'What is it?' the Queen said.

'Could I please bring my hail collection o dwams back here in the ceilidh-hoppers? They's takkin me monie years tae gaither an I'se no wantin tae tyne them.'

'Of course you can,' the Queen said. 'I wish you a safe journey.'

GRIPPIT!

THE GFG had made thoosands o journeys tae the Land o Giants an back ower the years, but he hadna made yin like this, wi nine muckle helicopters rairin alang jist ower his heid. Naither had he traivelt in braid daylicht afore. He hadna daured. But this wis different. Noo he wis daein it for the Queen hersel an he wisna feart o oniebody.

As he galloped ower the British Isles wi the helicopters dunnerin abune him, fowk stood an gawked an wunnered whit on earth wis gaun on. They'd never seen the like o it afore, an mibbie they never would again.

Noo an then, the helicopter pilots would catch a glisk o a wee lassie wearin glesses cooryin in the giant's richt lug an wavin tae them. They aye waved back. The pilots were fair bumbazed at the giant's speed an at the wey he lowpit athort wide rivers an ower muckle hooses.

But they'd no seen onicthing yet.

'You'se needin tae hing on ticht!' the GFG said. 'We is gaun fast as a feelimageery!' The GFG chynged intae his weel-kent tap gear an at aince he began tae streek alang like there were spreengs in his legs an rockets in his taes. He skitit ower the grund like he wis pleyin a magical game o peevers wi his feet scarce skiffin the grund. As afore, Sophy had tae hunker doon in his lug tae stap bein wheeched clean awa.

On a sudden, the nine pilots in their helicopters saw they were bein left ahint. The giant wis wheechin aheid. They opened their throttles fu speed, but they could scarce keep up even then.

In the foremaist machine, the Heid o the Air Force wis sittin aside the pilot. He had a warld atlas on his knees an he kept keekin first at the atlas, syne at the grund ablow, ettlin tae wark oot whaur they were gaun. He wis turnin the pages o the atlas in an unco swither. 'Whaur the deil are we gaun?' he cried.

'I hinna a tickie idea,' the pilot answered. 'The Queen's orders were tae follae the giant an that's jist whit I'm daein.'

The pilot wis a young Air Force lad wi a thick an bussy moutache. He wis richt prood o his moutache. He wis gallus an aw, an aye up for an adventur. He thocht this wis a braw adventur. 'It's braw gaun tae new places,' he said.

'*New places!*' shoutit the heid o the Air Force. 'Whit the deil

148

d'ye mean *new places?*'

'This place we're fleein ower's no in the atlas, is it?' the pilot said, grinnin.

'Gey richt it's no in the atlas!' cried the Heid o the Air Force. 'We've flawn richt aff the last page!'

'I doot that auld giant kens whaur he's gaun,' the pilot lad said.

'He's leadin us tae crockanition!' cried the Heid o the Air Force. He wis tremmlin wi fear. In the seat ahint him sat the Heid o the Airmy, an he wis yet mair fleggit.

'Dinna tell me we've gane richt aff the atlas!' he cried, leanin forrart for a keek.

'That's whit I'm tellin ye aw richt!' cried the Air Force man. 'Look for yersel. Here's the verra last map in the hail crivven atlas! We gaed aff that mair than an oor syne!' He turned the page. As in aw atlases, there were twa hail blank pages at the verra end. 'I doot we're someplace aboot here,' he said, pittin a finger on yin o the blank pages.

'Whaur's here?' cried the Heid o the Airmy.

The pilot lad had a braid grin on him noo. He said tae them, 'That's how they aye pit twa blank pages at the back o the atlas. They're for new countries. Ye're meant tae fill them in yersel.'

The Heid o the Air Force keeked doon at the grund ablow. 'Tak a swatch at this scourie desert!' he cried. 'Aw the trees are deid an aw the rocks are blac!'

'The giant has stapped,' the pilot lad said. 'He's waggin us doon.'

The pilots throttelt back the ingines an aw nine helicopters landed sauf on the great yella wasteland. Syne ilk ane o them lowered a ramp fae its wame. Nine jeeps, ane fae ilka helicopter, drave doon the ramps. Ilka jeep held sax sodgers an a hantle o thick raip an whunkin chains.

'I canna see onie giants,' said the Heid o the Airmy.

'The clan o giants is jist oot o sicht owerby,' the GFG telt him. 'But gin you'se takkin these clammersome ceilidh-hoppers onie closer, the hail jingbang o giants is waukenin up an syne the hushiebaw's burst.'

'Are ye meanin us tae gang by jeep?' speired the Heid o the Airmy

'Ay,' the GFG said. 'But ye maun be awfie wheeshty quiet. Nae rairin o motors. Nae skirlin. Nae guddlin aboot. Nae pookery-jawkery.'

The GFG, wi Sophy aye in his lug, trotted aff an the jeeps follaed close ahint.

Suddenly awbody heard the maist michty rummlin noise.

The Heid o the Airmy gaed as green as a soor ploom. 'Yon's guns!' he skirled. 'There's a richt collieshangie up aheid! Turn back, the lot o ye! Let's get oot o here!'

'Gowkspittles!' the GFG said. 'Yon's no guns at aw.'

'They're guns aw richt!' shoutit the Heid o the Airmy. 'I am a military man an I ken a gun whan I hear it! Turn back!'

'Yon's jist the giants snocherin in their sleep,' the GFG said. 'I is a giant, an I'se kennin a giant's snocher whan I'se hearin it.'

'Are ye shair?' the Airmy man said gey fashed.

'Shair,' the GFG said.

'Weel, caw canny,' ordered the Airmy man.

The hail jingbang moved on.

Syne they saw them!

Even fae a distance, they were like tae fleg the fernitickles aff the sodgers. But whan they got close an saw whit the giants really lookit like, they began tae sweit wi fear. Nine frichtsome, ugsome, hauf-nakit, fifty-foot-lang brutes lay sprauchelt ower the grund in sindry gruesome attitudes o sleep, an the soond o their snochers wis like the brattle o gunfire.

The GFG heezed a haund. The jeeps aw stapped. The sodgers got oot.

'Whit happens if yin o them waukens up?' whuspered the Heid o the Airmy, his knees chappin thegither wi fear.

'Gin onie yin is waukenin, he'll gollop ye doon afore ye can say skeandhu,' the GFG answered, grinnin wide. 'I is the ainly yin that winna be snashtered up as giants is never eatin

152

giants. Me an Sophy is the ainly sauf yins because I is hidie-holin her gin that happens.'

The Heid o the Airmy took twa-three paces tae the rear. Sae did the Heid o the Air Force. They clam back intae their jeep gey quick, ready tae mak a fast gangawa if need be. 'Forrart, men!' ordered the Heid o the Airmy. 'Gang forrart an dae yer duty bravely!'

The sodgers creepit forrart wi their raips an chains. They were aw tremmlin sair. Nane o them daured mak a cheep.

The GFG, wi Sophy noo sittin on his loof, stood nearby watchin the hail ploy.

Tae gie the sodgers their due, they were gey courageous. There were sax weel-trained efficient men warkin on ilka giant an efter ten meenits echt oot o the nine giants had been bund up like chuckie-hens an were aye snocherin blythely. The ninth, that happened tae be the Girslegorbler, wis trauchlin the sodgers as he wis lyin wi his richt airm tucked unner his muckle body. It wis impossible tae binnd his wrists an airms thegither withoot first gettin that airm oot fae unnerneath him.

153

Awfu awfu cannylike, the sax sodgers that were warkin on the Girslegorbler began tae pou at the muckle airm, ettlin tae lowse it. The Girslegorbler opened his wee grumphie-like een.

'Which o ye scabbit skellums is jeeglin my airm?' he yowled. 'Is that you, ye feechie Mucklecleeker?'

Suddenly he saw the sodgers. In a flash, he wis sittin up. He lookit aroond him. He saw mair sodgers. Wi a michty belloch, he lowpit tae his feet. The sodgers stood like stookies, frozen tae the spot wi fear. They had nae waipons wi them. The Heid o the Airmy pit his jeep intae reverse.

'Human beans!' the Girslegorbler skirled. 'Whit is aw ye murly mingsome hauf-bakit beans daein in oor kintra?' He made a grabble for a sodger an wheeched him up in his haund.

'I'se haein my tea early the day!' he shoutit, haudin the puir squimmerin sodger at airm's lenth an hoochin wi lauchter.

Sophy, staundin on the GFG's loof, wis watchin stammagastert. 'Dae something!' she cried. 'Quick, afore he eats him!'

'Pit yon human bean doon!' the GFG shoutit.

The Girslegorbler turned an gawked at the GFG. 'Whit is ye dacin here wi thae mawkit midgieworts!' he belloched. 'You'se makkin me gey suspeeshus!'

The GFG breenged at the Girslegorbler, but the muckle fifty-fower-foot-high giant jist whummelt him ower wi a flick o his free airm. At the same time, Sophy fell aff the GFG's loof ontae the grund.

Her mind wis racin. She had tae dae something! She had tae! Jist had tae! She minded the sapphire brooch the Queen had peened ontae her chest. Quickly, she undid it.

'I'se gorblin ye nice an slaw!' the Girslegorbler wis sayin tae the sodger in his haund. 'Syne I'se gorblin ten or twenty mair o ye scootie wee slaters doon there! Ye'll no can get awa fae me as I'se gallowpin fifty times faster than ye!'

Sophy ran up ahint the Girslegorbler. She wis haudin the brooch atween her fingers. Whan she wis richt up close tae the muckle nakit hairy legs, she stobbit the three-inch-lang peen o the brooch as hard as she could intae the Girslegorbler's richt ankle. It gaed deep intae the flesh an steyed there. The giant yelloched in pain an lowpit high in the air. He drapped the sodger an made a grabble for his ankle.

The GFG kent whit a cooart the Girslegorbler wis, an he saw his chance. 'You'se bitten by a snake!' he shoutit. 'I is seein it nip ye! It wis an ettercappity viper! It wis a dreidly dungerous vindscreen viper!'

'Save oor sowls!' skirled the Girslegorbler. 'Soond the crumpets! I is bitten by a puzzenish vindscreen viper!' He flopped tae the grund an sat there yowlin his heid aff an grippin his ankle wi baith haunds. His fingers felt the brooch. 'The teeth o the dreidly viper is jaggin intae me yet!' he yowled. 'I is feelin the teeth jaggin intae my anklet!'

The GFG saw his saicont chance. 'We's needin tae get thae viper's teeth oot richt awa!' he cried. 'Else you is deider than tattie peelins! I is helpin you!'

The GFG knelt doon aside the Girslegorbler. 'Grip yer anklet gey ticht wi baith haunds!' he ordered. 'That will stap the puzzenish juices fae the venomly viper gangin up yer leg an intae yer hert!'

The Girslegorbler grippit his ankle wi baith haunds.

'Noo steek yer een an grittle yer teeth an keek up tae heiven an say yer prayers whiles I is takkin oot the teeth o the venomly viper,' the GFG said.

The fleggit Girslegorbler did jist as he wis telt.

The GFG signalled for a
bit raip. A sodger rushed
it ower tae him. Wi baith
the Girslegorbler's haunds
grippin his ankle, it wis gey
an simple for the GFG
tae binnd the ankles an
haunds thegither wi a
ticht knot.

'I is pouin oot the fricht-
some viper's teeth!' the GFG
said as he poued the knot
ticht.

'Dae it quick!' shoutit the Girslegorbler, 'afore I is
puzzened tae daith!'

'That's us,' said the GFG, staundin up. 'Ye can tak a keek
noo.'

Whan the Girslegorbler saw that he wis trussed up like
a chuckie-hen, he gied a skirl that shoogelt the heivens. He
rowed an he wreegelt, he focht an he feegelt, he squimmered
an he squeegelt. But there wisna a thing he could dae.

'Weel dune, GFG!' Sophy cried.

'Weel dune yersel!' said the GFG, smilin doon at the wee
lassie. 'You'se savin oor skinkles!'

'Can ye please get that brooch back for me,' Sophy said. 'It
belangs tae the Queen.'

The GFG poued the bonnie brooch oot the Girslegorbler's
ankle. The Girslegorbler yowled. The GFG dichtit the peen
an haunded it back tae Sophy.

Curiously, nane o the ither echt snocherin giants had
waukened durin this grand stooshie. 'Whan you'se ainly
sleepin ane or twa oors a day, you'se sleepin extra doobly
deep,' the GFG explained.

The Heid o the Airmy an the Air Force drave forrart aince

157

mair in their jeep. 'Her Maijesty will be gey pleased wi me,' said the Heid o the Airmy. 'I will maist like get a medal. Whit's the neist move?'

'Noo you'se aw drivin ower tae my cave tae load up my dwam-jars,' the GFG said.

'We canna waste time wi that flumgummery,' said the Airmy General.

'It is the Queen's order,' Sophy said. She wis noo back on the GFG's haund.

Sae the nine jeeps drave ower tae the GFG's cave an the muckle dwam-loadin wark began. There were fifty thoosand jars in aw tae be loaded up, mair nor five thoosand tae ilka jeep, an it took mair than an oor tae feenish the job.

Whiles the sodgers were loadin the dwams, the GFG an Sophy disappeart ower the moontains on a mysterious ploy.

Whan they cam back, the GFG had a muckle poke the size o a wee hoose slung ower his shooder.

'Whit's yon ye've got there?' the Heid o the Airmy demanded tae ken.

'Speir me nae spearmints, an I'se tellin nae flees,' the GFG said, an he turned awa fae the daft man.

Whan he wis shair that aw his bonnie dwams had been sauf loaded ontae the jeeps, the GFG said, 'Noo we is drivin back tae the ceilidh-hoppers an upliftin the flegsome giants.'

The jeeps drave back tae the helicopters. The fifty thoosand dwams were cairried carefully, jar by jar, ontae the helicopters. The sodgers clam back onboard, but the GFG an Sophy steyed on the grund. Syne they aw returned tae whaur the nine giants were lyin.

It wis a braw sicht tae see them, thae muckle air machines hoverin ower the hankelt-up giants. It wis an even brawer

sicht tae see the giants bein waukened by the dreidfu dunner o the ingines owerheid, an the brawest sicht o aw wis tae see thae nine ugsome brutes joukin an jeeglin aboot on the grund like a mass o michty oobits as they ettelt tae lowse themsels fae their raips an chains.

'I is flumgummert!' girned the Girslegorbler.

'I is gulliewullied!' bawled the Bairnchawer.

'I is smacherdachelt!' skirled the Banecrumper.

'I is hippiedunshed!' cried the Mucklecleeker.

'I is tanterwalloped!' skreiched the Slaistermaister.

'I is catterbattert!' shoutit the Lassiechamper.

'I is malliewhuppelt!' skelloched the Slaverslorper.

'I is barliefummelt!' yowled the Bluidqueesher.

'I is rummelgumpit!' skirled the Haggersnasher.

Ilk ane o the nine giant-cairryin helicopters chose ae giant an hovert richt ower him. Muckle strang steel hawsers wi cleeks on the ends were lowered fae the front an hinner-end o ilka helicopter. Strecht aff, the GFG fittit the cleeks ontae the giants' chains, ae cleek by the legs an the tither by the airms. Syne slaw an canny, the giants were heezed up intae the air, parallel wi the grund. The giants yammered an yelloched, but there wis naething they could dae.

The GFG, wi Sophy cooryin in his lug aince mair, set aff ram-stam for England. The helicopters aw banked aroond an follaed efter him.

It wis an unco sicht, thae nine helicopters weengin throu the sky, ilk ane wi a hankelt fifty-foot-lang giant hingin unnerneath it. Nae doot the giants themsels fand it an interestin experience. They yelloched the hail time, but their girns were drooned oot by the noise o the ingines.

Whan it began tae growe mirk, the helicopters switched on pooerfu searchlichts an trained them ontae the gallopin giant tae keep him in sicht. They flew aw throu the nicht an arrived in England jist at skreek o day.

160

Scran Time

Wiiles the giants were bein grippit, a michty stramash wis gaun on back hame. Ilka yird-digger an mechanical contrivance in the country had been mobilized tae howk oot the michty muckle hole whaur the nine giants were tae be prisoned for ever an aye.

Ten thoosand men an ten thoosand machines warked aw nicht unner pooerfu lichts, an the muckle task wis jist feenisht in time.

The hole itsel wis aboot twice the size o a fitbaw pitch an five hunner foot deep. The waws were perpendicular an engineers had calculatit there wis nae wey a giant could escape efter he wis pit in. Suppose aw nine giants were tae staund on ane anither's shooders, the tapmaist giant would aye be fifty foot or thereaboots fae the tap o the hole.

The nine giant-cairryin helicopters hovert ower the muckle pit. The giants, ane by ane, were lowered tae the grund. But they were aye paircelt up wi raips an noo cam the fykie business o lowsin them. Naebody wis keen tae gae doon an dae this, as sae soon as a giant wis lowsed, he would nae doot turn on the puir sowl that had lowsed him an gorble him up.

As yaisual, the GFG had the answer. 'I'se telt ye afore,' he said, 'giants is never eatin giants, sae I'll can gae doon an lowse them mysel afore ye can say crobinson rusoe.'

Wi thoosands o fascinatit spectators, includin the Queen, gawkin doon intae the pit, the GFG wis lowered on a raip. He lowsed the giants yin at a time. They stood up, raxed oot their stiffened limbs an sterted lowpin aboot in a radge.

'How is they pittin us doon here in this muckmidden hole?' they yammered at the GFG.

'Because you'se snashterin human beans,' the GFG answered. 'I is aye warnin ye no tae dae it an you'se never takkin the tickiest bit notice.'

'In that case,' the Girslegorbler girned, 'I think we is snashterin you insteid!'

The GFG grippit the danglin raip an wis heezed oot the pit jist in time. The big bumflie poke he had brocht back wi him fae the Land o Giants lay at the tap o the pit.

'What is in there?' speired the Queen.

The GFG raxed an airm intae the poke an poued oot a great black an white strippit objeck as big as a man.

'Feechcumbers!' he cried. 'This is the foostie feechcumber, Maijestree, an that is aw we is gaun tae gie these ugsome giants fae noo on!'

'Can I taste it?' the Queen speired.

'Dinna, Maijestree, dinna!' yowled the GFG. 'It is tastin o woolypuddin an splarritch!' Wi that he flang the feechcumber doon tae the giants ablow. 'There's yer tea!' he shoutit. 'Scrump awa on that!' He howked mair feechcumbers oot the poke an threw them doon as weel.

The giants ablow yammered an swure. The GFG laucht. 'It serves them richt left an centre!' he said.

'What will we feed them on when the feechcumbers are all used up?' the Queen speired.

'They is never rinnin oot, Maijestree,' the GFG answered, grinnin. 'I'se cairryin a hail hantle o feechcumber plants in this poke that I'se giein, by yer lowance, tae the royal gaird-ener tae pit in the yird. Syne we is haein an everlastin supply o foostie scran tae feed thae thristbluidy giants.'

'What a clever chiel you are,' the Queen said. 'You're not that well educated but I can see that you are naebody's gillygawpus.'

Chaipter Twenty-fower

THE SCRIEVER

ILKA COUNTRY in the warld that had aince been veesitit by the ugsome man-eatin giants sent telegrams o congratulations an thanks tae the GFG an tae Sophy. A hail clanjamfrie o Kings an Presidents an Prime Meenisters an ither High Heidyins shooered the muckle giant an the wee lassie wi compliments an thank-yous, as weel as plenty medals an presents.

The Ruler o India sent the GFG a braw elephant, the verra thing he had been wishin for aw his life.

The King o Arabia sent ilk ane o them a camel.

The Dalai Lama sent ilk ane o them a llama.

Wellington sent the baith o them a hunner pair o wellies.

Panama sent them a hantle fantoosh hats.

The King o Sweden sent them a barrelfu o sweet an soor pork.

Harris sent them tweed.

There wis nae end tae the gratitude o the warld.

The Queen hersel gied orders for a fantoosh hoose wi tooerin ceilins an muckle doors tae be biggit in Windsor Great Park, neist her ain castle, for the GFG tae stey in. An a bonnie wee cottage wis biggit neist door for Sophy. The GFG's hoose wis tae hae a speecial dwam-storin chaumer wi hunners o racks in it whaur he could pit his weel-luved bottles. Forby, he wis gien the title o The Royal Dwam-Blawer. He wis alloued tae gae gallopin aff tae onie place in the country onie nicht o the year tae blaw his braw fantooshters in throu the windaes tae sleepin bairns. An letters poored intae his hoose by the million fae bairns beggin him tae come an veesit them.

Meanwhiles, tourists fae ower the globe cam thrangin tae gawk doon in bumbazement at the nine gruesome man-eatin giants in the muckle pit. Maistly they cam at scran-time, whan the feechcumbers were bein thrawn doon tae them by the keeper, an it wis a pleisure tae listen tae the yowls an yammers o horror comin up fae the pit as the giants sterted tae champ on the foostiest feechiest vegetable on earth.

There wis jist the ae mishanter. Three daft gowks that had drunk ower muckle beer for denner decided tae sclim ower the high fence surroondin the pit, an of coorse they fell in. There were skirls o delight fae the giants ablow, follaed by the crumpin o banes. Strecht awa, the heid keeper pit up a big notice on the fence sayin, IT IS FORBIDDEN TAE FEED THE GIANTS. There were nae mair mishanters efter that.

The GFG expressed a wish tae learn hoo tae speak guid Scots, an Sophy, wha luved him like a faither, volunteered tae gie him his lessons hersel ilka day. She even taucht him hoo tae spell an scrieve sentences, an he turned oot tae be a richt braw pupil. In his spare time, he read a bonnie nummer o buiks. He read the hail o Walter Scott (an nae mair cried

him Watter Scootie) an Robert Louis Stevenson, an thoosands o ither buiks forby. He sterted tae scrieve stories anent his ain past life as weel. Whan Sophy read a wheen o them, she said, 'These are awfie guid. I think ye could be a real scriever ae day.'

'Ocht, that would be braw!' cried the GFG. 'Dae ye think I could?

'I ken ye could,' Sophy said. 'How no stert by scrievin a buik aboot you an me?'

'Ah richt,' the GFG said. 'I'll gie it a shot.'

Sae he did. He warked hard on it an efter a while it wis feenisht. A bit shyly, he shawed it tae the Queen. The Queen read it alood tae her grandbairns. Syne the Queen said, 'I think we should get this buik proper printed and published so that other bairns can read it.' This wis dune, but as the GFG wis awfu modest an blate, he wouldna pit his ain name on it. He yaised the name o anither bodie insteid.

But whaur, ye micht speir, is this buik that wis scrievit by the GFG?

It's richt here. Ye've jist feenisht readin it.

STORIES ARE GOOD FOR YOU.

Roald Dahl said,
*'If you have good thoughts, they will shine
out of your face like sunbeams and you
will always look lovely.'*

We believe in doing good things.
That's why ten per cent of all Roald Dahl income*
goes to our charity partners. We have supported
causes including: specialist children's nurses, grants
for families in need, and educational outreach
programmes. Thank you for helping us
to sustain this vital work.

Find out more at roalddahl.com